RELATOS DE ESTE Y OTROS MUNDOS

A. A. HART

Ilustración de A. A. Hart. Archivo.

John y Edgar, luz de estrellas y negrura macabra. E., al que sólo mis ojos ven; gracias por tu paciencia. Y en especial, al Padre Sauce; aunque mutilado, todavía te veo como el más grande.

Índice

Relato Primero

El arroyo de Lora

'En este mundo hay mundos, y en ellos, otros…'

«No te alejes mucho, Lora», fue lo último que recordaba la niña de cuando vio a su mamá aquella mañana, antes de salir a explorar los alrededores del bosque. Más de allá eso, se le fue olvidando hasta que por alguna razón le resultó incluso difícil recordar su propio nombre. Pero tampoco parecía importarle en ese momento, pues todo lo que había visto le dejaba pocas ganas de pensar en el pasado, o de recordar cosas externas a ese mundo tan extraño y maravilloso. Un mundo amplio y escondido, más allá del arroyo y del pequeño muelle; oculto entre los árboles; del otro lado de un charco de agua.

Cuando la barcaza atravesó los rápidos, Lora creyó que se volcaría y terminaría ahogada en las turbulentas aguas del río; sin embargo, el navío dio unos tumbos fuertes y algunos sacudones, pero se mantuvo estable en medio de la bravura del caudal, hasta que luego de algunos minutos se internó en una zona más calmada y continuó su recorrido con el estruendo de los rápidos y remolinos que dejaba atrás. Se adentró así en un lugar silencioso que poco a poco se hizo angosto, hasta que las orillas a los lados le quedaron tan cercanas que casi podía tocarlas con los brazos extendidos. Aquella parte era como un túnel rodeado por la floresta, y las sombras eran más densas y el aire caldeado. Fue entonces cuando se percató (o al menos creyó que lo hacía) de dónde se encontraba. El río había quedado atrás, y ahora se hallaba navegando por un arroyo, y parecía ser el mismo del que antes le habían hablado, pues allí las copas de los árboles se entrelazaban en lo alto formando un túnel, y delgados haces de luz se filtraban y caían como una lluvia de oro.

Por allí navegó la niña, en silencio y sin nada más para ver que árboles frondosos sobre su cabeza y aguas turbias bajo el barco; entre troncos llenos de musgo, enredaderas y tierras enlodadas; sumida en una quietud ahogada y misteriosa; en un silencio denso, como en el interior de una burbuja, que parecía anular cualquier clase de sonido, pues ni tan siquiera el viento murmuraba entre las hojas.

Podrán decir que me equivoco y que en un bosque no existe tal cosa, tal quietud ahogada; sin embargo, deberán saber que aquel no era un bosque ordinario. Allí no había aves trinando ni insectos fastidiosos, mucho menos animales merodeando entre la maleza. No, aquel lugar era conocido en lengua vernácula, como *Rúa Media* o *Senda del mediobosco*; un espacio que divide dos mundos y en donde la energía natural se concentra. Los pocos que han tenido la suerte de recorrerlo, pueden afirmar que se percibe algo cuando se queda uno muy quieto, como una respiración lenta y pausada a lo largo de todo el suelo, y un latido. Es uno de los *Nárugas*, le dicen, los gigantes que siempre duermen. Y desde luego, tampoco es el único de su clase, pues hay muchos más escondidos por el mundo. Y no todos son bosques; también los hay desiertos, lagos, páramos y pantanos, y todos ellos cumplen una función importante: separar fronteras.

Iba la niña ensimismada en el verdor de floresta, cuando de repente una brisa juguetona rozó su nariz y llamó su atención y, tras una curva, los árboles se abrieron y la luz brillante del día le acarició el rostro y pudo ver un cielo despejado en lo alto. Allí divisó la cima de una montaña empinada en el horizonte, sobresaliendo gris entre los árboles como un colmillo recortado contra las nubes.

«…sigue luego hacia la montaña», murmuró citando lo que un amigo le había dicho. Estiró el cuello y vio en la distancia, fija en el inmenso paredón de cresta afilada, e intentó adivinar si el arroyo seguiría hacia allá o si tendría que bajarse del barco para seguir a pie, pero tan de pronto como se hubieron abierto para dejarla tomar aire, los árboles volvieron a cerrarse sobre su cabeza, y de nuevo quedó sumida en la penumbra verde del bosque.

Y así siguió por otro rato, en silencio y con el entusiasmo del principio algo mermado, hasta que la corriente la fue acercando a la montaña, y para cuando el arroyo alcanzó sus faldas, descubrió que una gran cueva se abría paso en la base y que por allí seguían las aguas.

Cuando atravesó el umbral de oscuridad, la niña sintió el impulso de cerrar los ojos y agachar la cabeza, pero antes de que pudiese hacerlo, el brillo maravilloso de un cielo estrellado la dejó embobada. Todavía seguía en la cueva, y el lugar era en sí como una cueva, con todo y estalactitas y grandes rocas sobresaliendo en uno y otro lado, pero allí la roca era transparente, y a través de ella se abría paso una noche alta y maravillosa, que alumbraba el túnel con la luz de una gran Luna de plata. Lora, ensimismada por el espectáculo, mantuvo la vista en lo alto, cuando de repente un brillo cálido llamó su atención a la izquierda. Al volverse, descubrió una lámpara solitaria que alumbraba una tarima de madera sobre las rocas, y una pared blanca en donde una puerta de estilo asiático se alzaba.

Tuc!

La barcaza dio un leve golpe cuando llegaron a la orilla.

Tímida y algo dubitativa, la niña subió la tarima y se detuvo frente a la puerta. Parecía frágil, como hecha de papel, así que con suavidad la corrió un poco dejando apenas una rendija para ver en el interior.

Lo primero que llegó a ella fue un aroma tibio y dulce como a duraznos, y luego la imagen de una habitación de techo alto y suelo con alfombra de tatami; por lo demás, el recinto estaba vacío. Entonces abrió más la puerta y observó extrañada todo el lugar. Las lámparas de papel que colgaban en el techo brillaban cálidas y tranquilas, y las paredes tenían espacios de blanco contrastado, como las huellas dejadas por cuadros. No había nada más aparte de eso. Decepcionada, estuvo a punto de marcharse cuando su pie chocó con algo en el suelo: un pequeño plato con agua que no había notado.

Intrigada, lo observó un momento.

«Creo que tienes que zambullirte en ella», dijo de repente una voz en su espalda.

Lora saltó del susto y se volvió a ver. Un trozo de papel yacía en el piso, y en él había un simple dibujo en tinta negra de unos ojos y una boca.

—¡Jacco, ¿dónde te habías metido?! —exclamó ella— No sabes todo lo que he visto. Seguí por el arroyo como me dijiste, hasta que llegué a una puerta en donde había una escalera tan alta como una montaña, y allí en lo alto, había una habitación y unos seres extraños, como títeres o algo así… Eran muchos y tenían la piel roja y las orejas puntiagudas. Al principio fueron amables y me pidieron que abriera una ventana por ellos, pero como no pude se enojaron. Me dio miedo. ¡Nunca antes bajé unas escaleras tan rápido en toda mi vida! Salté al barco y volví al río. Ellos se quedaron allí, pero si vuelvo a ese lugar de seguro me harán algo. Después de eso el bote llegó a una selva mucho más tupida y luego hasta una montaña. ¿Has visto el cielo en el interior? ¡Es maravilloso!

—Lo siento —dijo el papel—, no quise dejarte sola, es solo que este cuerpo de papel no me deja las cosas fáciles, y a las brisas les gusta juguetear conmigo y llevarme lejos. Le tuve que suplicar mucho al Viejo Viento para que me traiga de vuelta, aunque ahora dice que le debo un favor y que me lo cobrará más tarde.

—¿Le pediste un favor al viento? —preguntó incrédula la niña.

—Tuve suerte. La brisa que me llevó me dejó en un prado junto al sendero por donde Reuel andaba en su paseo de la mañana. Él me tomó y se rio de mí, pero al final me prestó uno de sus vientos más serviciales, que me llevó por el canal hasta aquí.

»Pero eso ya no importa, hay algo más importante. Debes tener cuidado. Tuviste suerte con los seres de antes, pues son malvados. Son demonios y te pueden dejar encerrada para siempre. Lo raro es lo de la ventana que mencionas, es como si se quisieran salir de su lugar… —de repente, el dibujo en el papel pareció pensar algo— ¡¿Revisaste el barco y que no haya nadie allí escondido?!

A la muchacha le extrañó aquella pregunta. «¿Cómo no voy a notar a un ser de piel roja en ese barco tan pequeño?», pareció pensar.

—No hay lugar para esconderse en ese barco, descuida —respondió ella. Lora estaba segura de que nadie más, humano o demonio, iba con ella en el barco, pero en ese momento aún no era consciente de su ignorancia. Ella no sabía que los demonios son criaturas ladinas y de cuidado, que poseen trucos y habilidades que engañan los sentidos, y son capaces de cambiar de formas y hacerse pasar como grietas en la madera o manchas en la pared; incluso en un clavo pequeñito y torcido, el mismo que había viajado con ella oculto en el barco y que luego se aferró a su cabello con la forma de una astilla de madera, entre risas silentes y maliciosas.

El papel suspiró aliviado.

—No debes dejar que te sigan, ni ellos ni nadie, ni tampoco que entren por otras puertas. Cada uno pertenece a un lugar. Si alguien sale de aquí, habrá problemas y todo el canal podría secarse. Entonces tú tampoco encontrarías el camino a casa y no podrías ayudarme.

—Descuida, tendré cuidado. Por ahora lo más importante es ayudarte, pero la verdad también me intriga este lugar y me da ganas de seguir recorriéndolo otro rato, para ver qué más hay.

El papel no respondió, pero su rostro dibujado se ensombreció y sólo atinó a desviar la mirada.

—Dijiste algo con este plato, ¿debo zambullirme en él? Pero si el agua es apenas suficiente para ver mi reflejo.

—¿Cómo te llamas? —preguntó de repente Jacco.

La niña lo vio extrañada.

—¿A qué viene esa pregunta? Lora, por supuesto.

El papel la vio largamente y bajó la mirada.

—No es nada creo… al menos espero no peligroso. Como sea, lo que tienes que hacer es zambullirte en el agua y luego verás este lugar como realmente es.

La muchacha observó el plato, el cual no era más grande que su cabeza, y el agua que apenas la reflejaba. Se arrodilló junto a él y estuvo a punto de acercar el rostro, pero se detuvo. Tomó a Jacco y lo sujetó fuerte al cinto de su vestido.

—No quiero que te alejes de nuevo —dijo.

Jacco, a pesar de estar burdamente dibujado en el papel, se sonrió y sus mejillas se ruborizaron en color gris. Entonces Lora tomó aire y acercó el rostro al agua. Estaba fría y era mucho más profunda de lo que hubiese creído posible. Se sumergió hasta que toda su cabeza quedó cubierta, y entonces abrió los ojos y vio, entre los reflejos de una luz distante, unas siluetas que se movían más arriba (o más abajo). En eso sintió que se quedaba sin aire y trató de retroceder, pero ya no pudo, y su cabeza quedó atorada. Tiró y tiró con desesperación, hasta que de repente algo entre los reflejos se introdujo en el agua y la haló hacia dentro.

Lora emergió agitada y mojada del otro lado de una cubeta con agua, en la misma sala donde antes había estado, salvo que ahora había vida allí y gente que limpiaba y ordenaba todo. Todos vestían trajes blancos con lazos negros en la cintura. La mujer que la sacó del agua la miró extrañada.

—Bendita suerte la mía. Es la segunda vez que rescato a alguien de mi cubeta —dijo ella, hablando más para sí misma.

—¡No pierdan el tiempo, ya viene la doncella! ¡Limpien y tallen, dejen todo limpio para nuestra dama! —exclamó otro individuo que acaba de entrar por una puerta. Era un hombre pequeño y delgado, con bigotes de brocha— ¡Jira, ¿qué estás haciendo?! Te dejé un trapo para limpiar y ahora tienen a una niña… ¿Y de dónde salió ella a todo esto?

La joven se encogió de hombros.

—La saqué de la cubeta. Es la segunda vez que me pasa. Yo no tengo la culpa.

El hombrecillo agrandó los ojos y su rostro palideció.

—¡Entonces viene del otro lado! No puede estar aquí y menos vestida de esa forma. Nuestra dama ya no tarda. ¡Se enojará, se enojará! Malo, malo, malo.

—¿Cuándo llegue quién? —preguntó Lora.

—¡Nuestra dama, desde luego! —exclamó el hombre— La Reina Ciervo…

En eso, y con un retundo *¡Tan…! ¡Tan…! ¡Tan…!* unas campanas tañeron en la distancia, y el hombre su puso tieso y se le erizaron los bigotes.

—¡Ya está aquí! Pronto, Jira, dale un traje y que se forme con las otras. Quédate en silencio y agacha la cabeza lo más que puedas. No la mires a los ojos por nada o nos meteremos todos en problemas. ¡Ten la frente pegada al piso! Nos encargaremos luego de ti.

En eso, la voz del hombre se vio ahogada por un creciente rumor y un estremecimiento que se fue acercando a ellos. Un escalofrío recorrió la espalda de la niña cuando Jira tiró de ella y la llevó tras una cortina.

—¡Pronto, ponte uno de los trajes y corre a formarte con las otras! —le dijo antes de marcharse de nuevo.

—¿Qué hacemos ahora? —le preguntó Lora a Jacco mientras se quitaba su propio vestido, se ponía el traje blanco y ajustaba de paso el papel en su cinto negro.

—No lo sé, pero lo mejor será hacer lo que dicen y evitar que nos vea. He oído que la reina es malvada y poderosa, y que es capaz de ver todo lo que ocurre en el mundo tras su puerta.

En ese instante, Lora sintió un fuerte jalón que la trajo de regreso a la habitación. Jira la llevó junto a ella y la haló del brazo para que se doblara sobre sí en el suelo, muy flexionada y apretando las piernas contra el pecho.

—Quédate quieta y no alces la cabeza, con suerte no tardará mucho —le dijo al tiempo que la puerta se corría y un aire cálido inundaba a la habitación.

La niña hizo todo lo posible por mantener la mirada en el suelo, pero la curiosidad le punzaba el interior. Pudo oír unas pisadas y una respiración fuerte. Por el rabillo del ojo vio una sombra grande y alargada, como la de un animal, que avanzó hasta quedar en frente de todos y se sentó en un espacio acojinado. «No debo ver. No debo ver», se repitió una y otra vez para aplacar su curiosidad.

La niña, desde luego, no iba a hacerlo. No pretendía alzar la cabeza pues no quería ser descubierta y meter a todos en problemas; sin embargo, no tenía idea del huésped malicioso que se alojaba entre sus cabellos y los planes que había urdido mientras oía las conversaciones. Y fue así que el demonio se transformó en un escarabajo pequeño con tenazas ardiendo al rojo, y caminó por las ropas de la niña hasta alcanzar su pantorrilla desnuda. Y allí, como ya se imaginarán, cometió una de sus peores atrocidades. El grito estridente de la niña fue lo último que Jira esperó oír, y de pronto sintieron ella y el hombrecito que el mundo se les derrumbaba, pues el castigo que vendría después sería devastador, y sus cabezas terminarían clavadas en una estaca.

Un gran alboroto se armó de pronto en la habitación, y todos alzaron las cabezas para ver a la niña que acababa de romper la calma. Los labios de Lora temblaron por el dolor punzante en su pierna, y sus ojos enrojecidos se posaron en los de una mujer sentada al frente, de cabello negro y piel pálida. Tenía el torso desnudo y a los lados de su cintura colgaba la piel de un gran ciervo plateado. La niña no pudo evitar fijarse en su cabeza, en donde se erguían las astas de animal, y en sus ojos negros como pozos si luz. Era ella la Reina Ciervo, y en su rostro tenso bulló la ira.

—¡Le suplico mil disculpas, amada dama...! —lloriqueó de pronto el hombrecito, pero la reina alzó la mano y lo dejó callado.

—Forastera… —murmuró la reina, tensa— Una forastera en mi palacio. Otra vez.

—Perdón —se apresuró a decir la niña, frotándose la pierna—, no fue mi intensión gritar así, pero algo me picó la pierna y me dolió muchísimo. Ellos no tienen la culpa, no se enoje con ellos, por favor.

La reina estiró el mentón, disgustada.

—¿Acaso me estás diciendo lo que debo hacer con mis sirvientes, niña? Si los debo castigar, lo haré con todos, lo merecen.

—¡Mil perdones, amada dama! —exclamó Jira, con la frente pegada al suelo— Yo la saqué de mi cubeta; la encontré por accidente y la metí en su palacio.

La reina desvió la mirada hacia la sirvienta junto a la niña.

—Te perdoné una primera vez, Jira, por meter aquí a esa criatura despreciable, y ahora lo haces de nuevo a pesar de mi perdón. ¿Es que acaso no valoras tu vida? Mereces ser ejecutada —entonces la mujer se puso de pie, exponiendo su cuerpo humano desnudo y dejando la piel de ciervo tendida al suelo, y gritó tan fuerte que el palacio entero se estremeció— ¡Guardias! ¡Desuellen a esta inútil! ¡Cuelguen su piel al sol y den su carne a los puercos!

—¡No, por favor! ¡No! —exclamó Jira— Mi dama, le pido perdón, no sé por qué me suceden estas cosas, ni por qué el destino se empecina en hacer que aparezcan siempre en mi cubeta, pero no fue intensión hacerla venir aquí.

—Ella dice la verdad, yo lo siento mucho —intervino Lora. Pero de repente, la puerta detrás de la reina se corrió a la izquierda y aparecieron dos hombres enormes y robustos con cabezas de toro. Ambos portaban lanzas y espadas afiladas en el cinto.

Jira gritó aterrada y se hizo para atrás.

La reina se movió a un lado y dejó que sus guardias se aproximaran, pero de pronto, una sirvienta gritó apuntando arriba. ¡Un ser huesudo y de piel roja caminaba por el techo como una araña! Sus grandes ojos amarillos, resaltados en su rostro afilado, vieron a la reina con fulminante enojo. Sus orejas parecían puntas de lanza, aunque en la izquierda le faltaba un trozo. El demonio que antes había picado a Lora, saltó desde arriba hacia la reina y se convirtió en una polilla. Entonces se metió entre sus cabellos negros y la mordisqueó cuanto pudo. La Reina Ciervo gritó enloquecida y sus guaridas y todos allí se distrajeron, pero en eso una voz, la voz de Termiasteccoc (o Termías, como le decían sus compañeros demonios), resonó entre el barullo:

«¡¿Qué esperas niña tonta?! ¡Escapa!».

Lora recibió el mensaje, dio media vuelta y vio a la sirvienta en el suelo, entonces saltó hacia ella y tiró de su brazo tan fuerte como pudo para que se pusiera de pie. No podía a dejarla allí para que le cortaran la cabeza.

Sin saber qué hacer ni a donde ir, ambas se escabulleron entre los guardias y la gente, y salieron de la habitación por la puerta (desde luego, Termías aprovechó la confusión y saltó convertido en grillo; aferrándose en las ropas de la niña).

Corrieron por un pasillo que rodeaba un gran patio interior, y atravesaron un corredor más angosto que las llevó hasta unas escaleras. Todo el castillo era de madera, grande e iluminado por lámparas de papel y antorchas.

Gente grande y pequeña y con formas de animales iba de un lugar a otro, y todos vestían los mismos trajes blancos con lazos negros y parecían llevar mucha prisa producto del alboroto.

Tanto la niña como la sirvienta corrieron sin parar, hasta que doblaron en una esquina y atravesaron una puerta, pero luego de eso Lora dio un paso en falso y de pronto sintió un vacío extraño. De repente su cuerpo se despegó del suelo con la gravedad invertida y se dio de bruces contra el techo. Jira, por el contrario, se mantuvo normal, pegada al piso.

La niña, de cabeza, la miró sin entender.

—Eres forastera —le dijo la sirvienta—. Los forasteros no pertenecen a este lugar y son rechazados. La gravedad es la primera en repelerte. Sólo el techo te mantendrá aquí, si te sales, terminarás quién sabe en dónde.

De repente oyeron un grito lejano y un cuerno que resonó con estridencia por todo el castillo.

Jira se puso pálida y a Lora se le erizó la piel.

—Debemos escapar de aquí cuanto antes —dijo la niña.

—¿Y a dónde se supone que iremos? No podemos huir de aquí, la reina sabe todo en sus dominios… —pero la voz de la mujer se vio interrumpida cuando percibieron una serie de golpeteos en el suelo de madera; pasos a la carrera que primero se oyeron lejanos pero que poco a poco se fueron acercando. Sin perder más tiempo, ambas retomaron la marcha. Jira iba por el corredor, mientras Lora, desde arriba, debía esquivar las lámparas colgantes y saltar las cornisas y vigas de madera que dividían cada segmento de los techos. Pronto corrieron tanto que dejaron de oír los pasos, y para suerte de ellas, no se toparon con nadie más en el camino. Habían subido varios pisos ya, cuando a Jira se le ocurrió algo.

—Quizá haya un lugar donde podremos escondernos por un rato y hacerles creer que nos hemos ido —dijo. Y como distracción, se metió en una sala de rezos y rompió una de las ventanas, para hacerles creer a sus perseguidores que habían salido del castillo.

Cuando alcanzaron el décimo piso, Jira se detuvo en un descanso a la mitad del pasillo y dobló por un callejón a la derecha, en donde había una ventana. Al abrirla, el aire de la noche llegó hasta ellas junto con la visión de un valle extenso y verde más abajo. La sirvienta trepó en el marco y salió al borde de la cornisa. Lora, con cuidado, salió también y se aferró de una saliente en el muro con las manos, mientras sus pies patalearon peligrosamente en el aire. Jira cerró la ventana de nuevo, y ambas recorrieron con cuidado el contorno exterior del castillo, hasta que alcanzaron un lugar viejo y derruido, en donde una ventana tapiada y entreabierta se presentaba solitaria. La sirvienta la corrió, y ambas se metieron en una habitación de techo alto con una gran chimenea al lado, en donde unas llamas juguetonas y amarillas danzaban y daban pequeños brincos cuando un joven vestido de negro las azuzaba con una varilla de hierro.

—Así que por eso es todo este bullicio —dijo de pronto, muy tranquilo.

—Perdón por llegar así, Shiro, pero todo ocurrió de pronto y no supe a donde más ir. Esta niña apareció en el fondo de mi cubeta y desde entonces todo ha ido de mal en peor. La reina quiere cortarme la cabeza, y quizá algo peor con ella. Ya sabes cómo es... —pero la sirvienta se contuvo y se tragó lo que estuvo a punto de decir.

—¿Mi madre?

Más allá de parecer enojado por la repentina intromisión, el joven de ojos negros pareció entretenido con sus visitantes. Alzó la vista y vio a Lora a los ojos, y le sonrió. Y quizá fue su imaginación, pero la niña pudo percibir un leve brillo dorado en los ojos del muchacho. Sonrojada y algo avergonzada, desvió la mirada al fuego, cuyas llamas parecieron sonreírle con picardía.

—¿Por qué no bajas un poco? —propuso el muchacho, y de repente el techo se estremeció y se hizo más bajo, hasta que sus rostros estuvieron al mismo nivel— ¿Cuál es tu... —hizo una leve pausa, como reflexionando en su siguiente palabra— «nombre»? —dijo al fin.

—Lora —respondió la niña con timidez.

El joven ladeó la cabeza. No pareció enojado, pero su voz habló un poco más seria.

—Forastera, recién nos conocemos y he pensado darte cobijo en este lugar por el tiempo que necesites, ¿pero me mientes cuando te pregunto tu nombre?

Aquello tomó por sorpresa a la niña, quien replicó algo indignada.

—No estoy mintiendo. Me llamo Lora. Lora... —pero entonces su voz se ahogó entre sus pensamientos. Por alguna razón no podía recordar su apellido.

—No recuerdas la segunda parte de tu nombre, porque tampoco recuerdas la primera... —intervino Jacco, con la voz algo apagada.

Jira notó entonces el papel sujeto en el cinto de la niña y lo vio con detenimiento, como si fuese alguien de un recuerdo distante.

—Nunca antes había visto un papel que habla, pero podría jurar que te me haces conocido…

—Nos conocimos antes, cuando yo no era un papel —dijo Jacco.

—¿Lo conoces? —preguntó Shiro, y de repente Jira agrandó los ojos.

—¡Pero claro que lo conozco! —exclamó la sirvienta— Fue hace mucho tiempo, pero jamás podría olvidar esa voz chillona; ¡si todavía la oigo en pesadillas!. La primera vez lo saqué a él de la cubeta; cuando era humano, claro. Me enojé y lo quise enviar por donde llegó, pero escapó y ensució todo el corredor principal del castillo con lodo. La Reina Ciervo me perdonó la vida cuando lo descubrió, y sólo porque el muy idiota perdió su gravedad y se extravió en el cielo; que daba lo mismo a que si hubiese sido ejecutado. ¡Casi me cortan la cabeza por su culpa!

—No fue así como sucedieron las cosas —replicó Jacco—, y tampoco fue mi intensión causarte problemas.

—¡Seguramente, pero ahora traes a tu amiga para seguir atormentándome! ¿No te bastó una sola vez?

—¿Cómo fue que ocurrió eso? —intervino Shiro, hablando con suavidad para intentar poner paños fríos al asunto.

Jacco suspiró y reflexionó un momento.

—No recuerdo mucho de aquel entonces, pero terminé en la cubeta de Jira y me asusté. No sé cómo fue que di a parar allí en primer lugar, mis memorias de antes de eso ya no existen.

—Era un forastero igual que ella, y perdió todas sus memorias.

—Y te extraviaste en el cielo… ¿Qué recuerdas de ello?

—Nada. Sólo mucha luz, pero luego nada. Tenía miedo, y de pronto la luz se tornó oscuridad y luego desperté en un páramo con esta forma. Ha pasado mucho desde aquella vez.

Shiro asintió despacio, y pareció algo apenado.

—No llegaste porque no lo deseaste… —dijo para sí mismo—. Una pena.

—Bueno, como sea eso no es lo importante ahora —interrumpió Jira—. Por culpa suya la reina quiere cortar mi cabeza. ¡Dos veces ya! Y trae a una niña que nos miente y no nos dice su verdadero nombre.

—¡Ya les dije que me llamo Lora! —exclamó la niña, enojada.

Todos la vieron un momento, en silencio, y entonces Lora se sintió avergonzada por haber gritado, y desvió la mirada hacia el fuego. Shiro la vio largamente, y con sutileza una sonrisa se le dibujó en el rostro.

—¿No te parece que este es un mundo… —entornó los ojos y pensó su siguiente palabra, tal como lo había hecho antes— «maravilloso», Lora? Tantos lugares y tanta gente. La calidez, el agua, las corrientes; de seguro muchas cosas que nunca antes habías visto.

La muchacha asintió sin dirigirle la mirada. Entonces Shiro continuó:

—Tu amigo aquí dijo algo que quizá te intrigue y esté haciendo que te duela la cabeza en este momento, aunque parezca que no tiene sentido. «No recuerdas la segunda parte de tu nombre, porque tampoco recuerdas la primera». Dime, ¿qué recuerdas de antes de que llegaras hasta aquí?

La niña suspiró rendida, pues se dio cuenta de que sería imposible evadir las preguntas.

—Llegué caminando por un sendero empedrado, más allá de la casa de… de una casa, con rumbo al bosque… —la muchacha frunció el ceño, intentando recordar, pero aquello se veía tan lejano en su mente que apenas podía decir que estaba diciendo la verdad y no inventándolo todo—. Había un muelle y un letrero pequeño… y un papel… La verdad no sé qué me pasa, no lo recuerdo bien. No lo sé. Ese papel, ¿eras tú, Jacco?

—Apenas y recuerdas —respondió el papel en voz baja.

—Temo que ya no puedes dar marcha atrás —dijo Shiro—. El efecto del arroyo y de este mundo tras las puertas inició cuando subiste en el barco, y todo el mundo que alguna vez fue el tuyo se desvanece del otro lado.

Al oír aquello, la niña fue invadida por una sensación intranquila, y un nudo apretó su garganta. El miedo fue apoderándose de ella, y sintió crecientes deseos de volver a casa y olvidarse de todo. De repente comenzó a sentir que extrañaba a alguien. Que había alguien a quien quería volver a ver, pero no podía recordar quién era, y aquello la asustó todavía más.

«*Todo el mundo que alguna vez fue el tuyo se desvanece...*», aquella frase dio vueltas en su cabeza. «¿Por qué no puedo recordar? ¿Qué me está pasando?»

Alarmada y en pánico, se forzó a recordar todo, pero no pudo.

Retrocedió unos pasos y se frotó la cabeza, pero nada cambió. Su mente era una maraña de recuerdos y de luces sin forma que no le decían nada.

«El muelle... Un papel... Una casa... Un bosque», se repitió.

Shiro pareció adivinar sus pensamientos, y se acercó a ella y puso una mano cálida y reconfortante en su hombro. Aquello surtió efecto, pues la niña inhaló profundamente y se calmó.

—No puedes habitar en dos mundos al mismo tiempo, es esa la regla de la existencia —dijo Shiro suavemente—. Si estás en un lugar, desaparecerás del otro, empezando por tus recuerdos. Así hasta que nadie sepa que alguna vez exististe del otro lado, y el propio tiempo te deje atrás. Es por eso que no recuerdas tu verdadero nombre. El nombre que proviene de allá.

—¿Pero acaso yo no te dije nunca mi nombre? —preguntó la niña— ¿Puedes recordarlo?

—Me temo que si tú no puedes recordar tu propio nombre, ninguno de nosotros podrá, porque no existe —respondió apenado el papel—. Ni aquí ni en el otro mundo.

—Pero estoy totalmente segura...

—Lora no eres tú, no es tu verdadero nombre. Lora es el nombre que leíste en el letrero al lado del muelle cuando nos conocimos, es el nombre del arroyo, el Arroyo de Lora.

—Y Lora es nuestra reina. La hermana mayor de la Reina Ciervo, mi madre —dijo Shiro.

Al oír aquello, un chispazo de recuerdos alcanzó a la niña y un escalofrío le sobrevino. De súbito, la maraña de luces e imágenes en su mente cobró repentino sentido, y pudo recordar lo que ocurrió en el muelle, cuando conoció a Jacco, y lo que él le dijo. Y también recordó la voz de su propia madre, mientras se alejaba por el sendero empedrado:

«No te alejes mucho, *Laura*».

Las piernas le flaquearon y de pronto se sintió débil.

—Laura… —balbuceó ella con los labios temblorosos— Mi nombre es Laura…, y ahora recuerdo que me pediste ayuda y que por eso estoy aquí. Me pediste ayuda para volver a casa.

La niña iba a seguir diciendo todo lo que recordaba, cuando Shiro alzó las manos hacia ella y le puso un cinto negro cubriendo su boca. Ella se hizo para atrás e intentó quitarlo, pero él negó con la cabeza. Tomó un carbón de la chimenea y le escribió su nombre real en el antebrazo.

—Habla lo menos posible ahora que recuerdas, para que así no se te vayan fugando de nuevo los pensamientos a medida que hablas, Laura.

La muchacha asintió, y de nuevo creyó ver el brillo de oro en los ojos del joven. Entonces leyó su nombre escrito en negro sobre su piel.

Le resultó tranquilizador verlo y estar segura de quién era.

—¿Y ahora qué haremos? —preguntó Jira— De todas formas la reina quiere cortar mi cabeza y sabrán los Reyes Viejos que cosas hacer con ella. Irrumpió en su Comida de Luna y fue atacada por ese engendro rojo… —en eso, la mujer pareció recordar algo— ¡Te habló a ti! Esa cosa vino contigo. Era… ¿un demonio?

Jacco dejó escapar un grito ahogado.

—Está prohibido que crucen entre las puertas, eso fue lo que me advirtió el Viejo Viento una vez. Si uno de ellos lo hace, entonces las puertas se sellarán y nadie podrá volver al arroyo.

«¡Pero no me di cuenta! ¡Yo no sabía que venía con nosotros!», intentó decir la niña haciendo gestos con las manos, pues no podía hablar por consejo de Shiro.

—Así que también hay eso. Si hay un demonio rondando en el castillo, y anduvo con ustedes a través de la puerta, de seguro busca escapar de su mundo, o algo tal vez peor —dijo Shiro, aunque no sonó ni se vio tan alarmado como los otros.

Todos allí creían que Termías, el demonio, rondaba lejos por el castillo, escondido en algún recóndito lugar, merodeando con malicia en busca de aquello que lo había impulsado a esconderse en el barco y seguir sin sus compañeros por los dominios de la Reina Ciervo. Pero no, el Rey Demonio había ideado otro plan (pues él era el líder entre los de su especie, y era astuto) cuando la niña falló al intentar abrir la ventana tiempo atrás. Pensó que tal vez el seguro estaba puesto y se tenía que abrir desde el otro lado y, justamente ese otro lado, quedaba en la siguiente puerta del arroyo, donde se hallaban ahora. ¡Debía encontrar esa ventana y abrirla para sus compañeros! Así iniciaría su venganza. ¿Pero dónde empezar a buscar? Tenía una idea de dónde, pero prefirió permanecer con la niña para que ella le diese la respuesta, oculto como un botón negro en su traje blanco.

—¿Qué podemos hacer entonces? —preguntó Jacco.

—Ella debe volver a su mundo antes de que sea demasiado tarde. Si no habla, sus recuerdos se mantendrán un poco más con ella, pero no será para siempre. La única opción que tienen es ir con la Reina del Arroyo.

—¿Con la Reina? —preguntó Jira— ¿No podrían simplemente volver por la cubeta por donde entraron?

Pero Shiro negó con la cabeza.

—Con el demonio en este lugar, me temo que eso ya no es posible. El arroyo se debe de haber secado y estará así hasta que él vuelva a su lugar o algo más ocurra. No pueden volver por donde vinieron; sin embargo, queda una esperanza. Verán, la Reina Lora ha perdido su collar, la joya del arroyo, la última vez que vino de visita. Debes recordarlo porque no fue hace mucho, y tú también estuviste sirviendo en la Comida del Atardecer, Jira. Ella cree mucho en los favores y servicios que le prestan, y estoy seguro de que si logran devolverle su collar, ella se apiadará de Laura y le permitirá salir.

—¿Y crees que me dejará volver a casa a mí también? —preguntó Jacco, con un matiz esperanzado en su voz, pero el joven negó con la cabeza.

—No lo sé.

—No me gusta este plan. Al final a mí me siguen cortando la cabeza, el papel sigue siendo un papel y el demonio sigue rondando por allí —dijo Jira esbozando una sonrisa torcida—. La única que se salva es la niña, y ella lo empezó todo.

—No te adelantes ni te preocupes antes de tiempo, Jira, deja que las cosas ocurran como deben... —Shiro hizo una pausa— «suceder». Primero encuentren ese collar, luego tendrán que llevarlo con la Reina, al final de las corrientes. Pienso que puede estar en la habitación de mi madre. Cuando nos visitó tiempo atrás, ella pasó la noche allí y se fue a la mañana siguiente muy temprano y sin despedirse. Quizá fue allí donde se le perdió el collar.

—Nuestra dama tiene muchas joyas y collares, ¿cómo sabremos cuál es el correcto?

—¿Recuerdas cómo era la Reina Lora?

Jira frunció el ceño, y recordó.

—Era una dama alta, de piel parda y ojos tan verdes como un valle en primavera. Su cabello ondeaba oscuro como el agua de las riveras y... —la muchacha agrandó los ojos—, era muy sencilla. En su cuello una fina hebra sujetaba apenas una piedra de río, negra y brillante como la obsidiana, que refulgía con magia natural y luz de noche.

—El Corazón del Arroyo. La única joya que tenía cuando vino y la única que se le pudo haber extraviado al marcharse. La encontrarán fácil entre las joyas de mi... —hizo una pausa para elegir su siguiente palabra— «madre», pues ella sólo usa piedras preciosas.

Jira asintió, algo más convencida, y dirigió una mirada de aprobación a la niña con el lazo negro en la boca.

—¿Cómo llegaremos hasta sus habitaciones? Todo el mundo nos está buscando.

—Descuiden, quiero hacer algo más que sentarme a esperar. Yo les despejaré el camino hasta arriba, y de allí será fácil que alcancen la otra torre y sus habitaciones.

—¿Crees que todo estará bien? —preguntó Jira con cierta intranquilidad.

Pero Shiro no respondió. Le dirigió la mirada a la niña y le sonrió, y ella no pudo evitar sonrojarse.

—Las veré en el tejado antes de lo que creen —dijo al final.

Shiro avanzó hacia un lado, observó a Laura un instante, y notó un botón negro en su ropa blanca, un poco más arriba del cinto en su cintura, en su espalda. Los trajes de allí no tenían botones, y aquello le resultó extraño. Fijó su atención en aquel objeto, pero antes de que ellas pudiesen notarlo, desvió la mirada y dejó escapar una sonrisa juguetona y siguió su camino hacia la pared, en donde posó una mano. De allí surgió una puerta y la abrió. El pasillo exterior parecía desierto. Cuando se volvió a mirarlas, grande fue la sorpresa de ambas al ver que el joven ya no era más él, sino un doble exacto de Laura. Les sonrió y les dijo que esperasen, que se encargaría de distraer a todos para despejar el camino al pasillo principal. Y no pasó mucho tiempo cuando un estruendo lejano retumbó de repente y los cuernos volvieron a resonar dando la alerta. Pudieron sentir un mar de pasos correr presurosos de un lado a otro, y gritos y golpes en las puertas. Cuando el escándalo se sintió lo suficientemente lejano, Jira le hizo una seña y ambas salieron corriendo por el pasillo. Laura por el techo y Jira por el suelo, avanzaron más allá de un grupo de puertas y ascendieron varios pisos más, hasta que detrás de una puerta tallada, llegaron a un gran salón de baile, y vieron una pequeña puerta del otro lado. Al alcanzarla y abrirla, el viento nocturno les sacudió el cabello. La luz suave de una noche despejada y alta las recibió, y pudieron ver el vasto territorio que las rodeaba varios pisos más abajo. Allí se abría paso un campo de colinas de pasto y riachuelos, sembríos, arrozales y arboledas; todo extendiéndose a lo ancho de un valle cercado por montañas distantes, y alumbrado por la Luna.

—Es allí —dijo Jira con la mirada fija en la otra torre del palacio, del otro lado de un puente de madera—. Las habitaciones de la reina están en el ala Norte, cruzando el puente.

En ese punto Laura sintió un escalofrío. En otras circunstancias, aquello no hubiese sido más complicado que dar un par de pasos hasta el otro lado; sin embargo, el puente no estaba techado, y con la gravedad en su contra, de pronto el cielo nocturno pareció un abismo oscuro y macabro que le produjo un fuerte vértigo cuando asomó la cabeza más allá del techo.

La brisa nocturna sopló también por su espalda y le susurró en los oídos, poniéndole la piel de gallina y llenando su corazón de inseguridades.

—No les hagas caso —dijo Jacco sujeto a su cinto—. A las brisas les gusta molestar. Saben que así te dará más miedo y te será más difícil.

Jira también pareció darse cuenta de la situación y actuó con rapidez. Antes de que la niña pudiese retractarse, se desató el cinto negro de su traje y le tendió un extremo.

—Sujétatelo bien y no te sueltes. Usaré mi peso para que podamos cruzar ambas.

Con cierta dificultad, Jira tiró del cinto y colocó todo su peso a manera de ancla. Y entonces dio los primeros pasos hacia el exterior. Laura cerró los ojos, contuvo la respiración, y dio el siguiente paso en falso. Sintió un tirón y sus pies patalear en el aire. Abrió los ojos y vio que Jira ejercía tanta presión que se estaba poniendo colorada, y apenas podía avanzar (además de que sus pies a duras penas tocaban el suelo).

—¿Acaso peso demasiado? —preguntó Laura retirando un momento el cinto de su boca.

—No eres tú —dijo Jira apretando los dientes—. Conforme pasa el tiempo, la gravedad te expulsa más… y más. Sea como sea, este lugar te quiere fuera.

Joooom…!

Ya habían alcanzado la mitad del puente, cuando un potente cuerno resonó desde más abajo. En los jardines exteriores del castillo, un gran tumulto se congregó y fijó su atención en un punto a la mitad del edificio en el ala Sur, cuando de súbito, una fuerte explosión sacudió el lugar y todo se cubrió con un denso humo negro, y entonces oyeron el chillido potente y agudo de un gran águila que emergió de entre la humareda. En medio del caos, Laura pudo distinguir un ciervo de lomo plateado dando saltos entre la gente que corría portando mosquetes, quienes apuntaron al ave al tiempo que esta daba giros en el aire intentando sacudirse a unos individuos que se aferraban de sus plumas blancas.

Todos dispararon al tiempo que la niña soltó un grito aterrado.

No supo por qué, pero sintió que conocía a aquel animal, que por alguna razón le era familiar; y la confirmación le llegó de la muchacha que tiraba del cinto.

«Shiro...», masculló Jira.

Laura lo observó hasta perderlo de vista, cuando de repente un escalofrío le recorrió la espalda. De súbito tuvo una sensación extraña, como cuando te sientes observado, y al bajar la mirada, notó el brillo afilado y gélido de unos ojos endemoniados en lo profundo.

¡El ciervo las veía desde abajo!

Y de repente otro cuerno resonó y el ciervo se metió de vuelta en el castillo.

—¡Ya nos descubrió! —exclamó Laura—. ¡La reina nos vio desde abajo!

Jira, alarmada, ejerció más presión y siguió adelante en su camino, dando las zancadas más largas que pudo, pero entonces el sonido de una tela rasgándose resonó en el aire, y sintieron un escalofrío. ¡El cinto se rompía, y apenas pendía Laura de un hilo! Y pese a los ruegos de la niña y el esfuerzo de la muchacha por alcanzar el otro lado, fue demasiado tarde, y el cinto se rompió.

De repente el tiempo pareció ir más lento.

Laura se vio elevándose por el aire, sacudiendo las piernas e intentando sujetarse inútilmente de cualquier cosa; sin embargo, la distancia siguió aumentando y su visión de Jira se fue haciendo más pequeña. Pero en ese momento, y por algo más que sólo «suerte», una sombra cruzó perfilada en el cielo nocturno, y algo atajó a la niña en el aire.

«¡Shiro!», gritó Laura en su mente cuando vio al águila blanca sobre ella.

—¡Laura, ayúdame! —exclamó Jacco, quien también estaba a punto de salir volando, pero ella lo sujetó a tiempo, y se aferró con fuerza a la pata del ave.

Dieron una vuelta alrededor de la torre Norte y luego Shiro la dejó con suavidad en la puerta del otro lado del puente, donde se hallaba Jira. Allí Laura notó unas manchas rojizas en las plumas blancas, a la altura del cuello.

«Está herido», pensó la niña, pero antes de que pudiese decir algo, el águila chilló con fuerza, como diciendo que se dieran prisa, y remontó el vuelo, elevándose más y más alto hasta hacerse apenas un punto diminuto en el cielo oscuro, y luego descendió en picada veloz como un rayo, hacia el puente; destruyéndolo con su cuerpo al tiempo que la puerta se abría del otro lado y el ciervo se frenaba de golpe. Detrás aparecieron aquellos guardias robustos con cabeza de toro, y detrás de ellos, sujetos más pequeños, portando mosquetes que dispararon inútilmente, pues ambas ya habían cerrado la puerta del otro lado.

—Démonos prisa, apenas hemos ganado algunos minutos —dijo Jira viendo la gran habitación frente a ellas—. La reina tendrá que descender de nuevo y cruzar el jardín central, luego volverá a subir y llegará aquí de todas formas.

Una serie de columnas rojas y arcos altos se dispersaban por toda la habitación, haciendo parecer que era esta más grande de lo que ya era de por sí. Laura y Jira buscaron con la mirada y avanzaron en línea recta hacia una puerta alejada. A diferencia de las anteriores, orientales, aquella era una puerta occidental, con una gran argolla dorada en medio. Jira posó sus manos en la argolla, la giró, y después empujó con fuerza.

Del otro lado descubrieron una habitación similar a la anterior. Era amplia y tibia, y diversas columnas rojas se esparcían por el lugar. Allí había además una gran cama circular, con mantas y cientos almohadas color burdeos. Distanciadas a la izquierda y a la derecha, dos puertas de madera iguales a la que acababan de cruzar se presentaban solitarias.

—Nunca antes había entrado aquí —Jira miró en ambas direcciones—. Me imagino que los tesoros de la reina deben estar tras alguna de ellas. Probemos con esa —añadió avanzando a la derecha, al tiempo que un saltamontes pasó saltando rumbo a la otra puerta. Termías se había desprendido del traje de Laura y se dirigía sin perder tiempo al otro lado, maldiciendo y refunfuñando mientras saltaba, poseído por una cólera que no dejaba de crecer. Parecía reconocer aquel lugar, como si antes hubiese estado allí.

Laura siguió a la sirvienta saltando las vigas de madera y los arcos que se cruzaban en el techo, y se empinó para ver del otro lado cuando la muchacha se dispuso a abrir la puerta, pero en cuanto lo hizo, la luz brillante de un día soleado irrumpió con intensidad, deslumbrándolas, y pasaron algunos segundos antes de que pudiesen distinguir lo que había tras la puerta que acababan de abrir, y ambas se quedaron igualmente sorprendidas: ¡Había un amplio bosque y un lago frente a ellas! El cielo en lo alto se veía despejado y el pasto era de un verde vívido, mullido como una alfombra. Las flores en la orilla del agua parecían cuchichear y reírse entre ellas, como pequeñas hadas juguetonas, mientras que los árboles (más sabios) les hablaron de repente con voz grave y cadenciosa.

—¿Qué hacen aquí y qué es lo que buscan? —preguntaron.

Jira agrandó los ojos y contuvo la respiración, sorprendida.

—Rey Hokku, si es usted, le pido perdón por entrar en sus dominios —dijo ella juntando las manos e inclinando la cabeza—, pero buscamos ayuda para encontrar un objeto.

«¿Rey Hokku?», se preguntó Laura, pero no se atrevió a preguntar en voz alta. Había visto demasiadas cosas fantásticas en ese mundo como para dudar ahora de un posible Rey Árbol.

Los árboles no respondieron en seguida, primero meditaron (como es costumbre entre los de su especie), y el viento entre las copas pareció hablarles a ellos, contándoles todo lo que sobre ellas concernía.

—Las brisas son chismosas y hablan siempre de más —dijo Jacco en voz baja, con cierta molestia; seguía enojado con la brisa que lo había arrastrado lejos la vez anterior.

—Ella es una forastera —dijo al fin la voz áspera de un gran Sauce, el Rey—, y busca la forma de escapar de aquí con su amigo el papel, antes de que la cierva los atrape. Y tú, mujer, te metiste en problemas por su culpa y ahora la ayudas para ver si con ello salvas tu propio pellejo, ¿me equivoco?

—No, no se equivoca, Rey Hokku. Le suplico por favor, por piedad, nos ayude. No quiero perder la cabeza. Jamás fui desleal a nuestra dama, y las cosas que han pasado tampoco fueron por mi culpa. Sólo busco una esperanza de salvación.

—¡En gran lío estás metida! —exclamó otro árbol, más pequeño, a la derecha.

—Por favor, ayúdenos, de seguro ya sabe lo que buscamos.

Una vez más, el murmullo del viento entre las copas se hizo presente. A sus espaldas, en la habitación, el sonido distante de otro cuerno resonó con potencia, y después oyeron disparos amortiguados, seguidos por otros sonidos mucho más fuertes y contundentes: disparos de cañones.

«Shiro», pensó Laura cada vez más impaciente.

—Dense prisa, por favor… —murmuró Jira para sí. Desafortunadamente, lo que ella no sabía era que los árboles tenían buen oído (pues son capaces de entender hasta las brisas más ligeras), y su insistencia los enojó a ellos y al propio Rey, quién regañó su conducta y de súbito se negó a ayudarlas, dándoles un larguísimo sermón que no vale la pena mencionar aquí.

—¡Ya basta! —exclamó en ese momento una voz más aguda y diminuta que provino de entre las flores en la orilla del lago—. Viejos árboles testarudos y lentos hasta para respirar —era aquella la voz de un diente de león—. No entiendo por qué tardan tanto para hacer todo y se enojan por cualquier cosa —se volvió hacia las mujeres—. Lo que buscan, el collar, debe estar en la otra puerta, allí es donde la cierva guarda sus tesoros (Como deben presumir, a diferencia de los árboles, las flores son más vivaces y energéticas, y les gusta hacer todo rápido, para así divertirse por más tiempo). Busquen pronto, pues el viento dice que se aproxima y está furiosa.

—¡Por qué nos interrumpes! —rugió la voz de un árbol— ¡No se puede premiar esa insolencia!

—Váyanse pronto, no hay mucho tiempo —dijo el diente de león sin hacer caso al árbol.

Jira inclinó la cabeza y le dio las gracias. Luego cerró la puerta sin hacer caso a las quejas de los árboles, y se marcharon de allí.

Cuando alcanzaron la otra puerta, ambas descubrieron que era más alta y maciza de lo que les había parecido antes, y estaba cerrada con llave. La sirvienta posó sus manos en la cerradura y presionó con fuerza, pero nada sucedió. Rendida, alzó la cabeza y se encogió de hombros.

—No se abre… —dijo al tiempo que un estremecimiento cosquilleó en sus pies. Todo el castillo de madera, el ala norte, tembló con los pasos presurosos de sus perseguidores, que ya andaban muy cerca de ellas.

Laura le dirigió una mirada preocupada.

«¿Qué haremos ahora?»

Pero antes de que Jira pudiese decir algo, y por esas cosas del destino, cosas que a veces uno no puede explicar pero que al final ocurren para bien o para mal (y en este caso, hasta ese momento, para bien), un breve sonido, un *clic!*, se dejó oír, y la puerta se abrió. ¿Qué había ocurrido? El demonio, astuto, había logrado pasar por una rendija e ir del otro lado. Ya había encontrado aquello que buscaba, pero también vio otra cosa, y se dio cuenta que necesitaría la ayuda de las mujeres para logar sus objetivos. Fue por eso que valiéndose de su magia, se metió en la cerradura y se trasformó en una llave que movió los engranajes y destrabó el seguro.

Jira empujó y cerró la puerta tras ellas. En la cerradura del otro lado, vio una llave rojiza (Termías) la cual giró para asegurar la puerta de nuevo.

—La reina llegará en unos minutos, hay que ganarle unos cuantos más y escapar de aquí por otro lado si podemos.

Laura escuchó sus palabras, pero no las comprendió, pues su atención se hallaba fija en lo que había frente a ellas: un amplio corredor que se alejaba recto varios metros más adelante. A la izquierda, en la pared, una ventana con marco de madera y pestillo dorado parecía dar a un lugar sombrío y abandonado. A la derecha, un espacio más ancho se abría paso, y allí brillaban las maravillas del mundo. Toda clase de piedras preciosas de todos los colores y tamaños: rubíes y zafiros, esmeraldas y amatistas, obsidianas y diamantes, todas refulgían bañadas por la luz plata de la Luna que entraba desde un tragaluz en el techo. Únicamente piedras preciosas había en ese lugar. Ni un gramo de oro o plata, pues la Reina Ciervo detestaba los metales de esa clase, burdos y sin magia natural. Ella amaba las piedras, y entre más raras mejor, como la piedra del río, la joya negra que alguna vez viera refulgir en el collar de su hermana mayor; la joya más hermosa del arroyo.

Pero lo que más llamó la atención de la niña fue algo en el fondo de aquel pasillo, una misteriosa puerta que se alzaba solitaria, y que atrajo su mirada como si la estuviese llamando.

—No te quedes ahí, ayúdame a buscar el dichoso collar —dijo Jira al tiempo que se adentraba entre las montañas de zafiros y revolvía todo en busca de la piedra negra.

Laura, por su parte, observó desde su lugar en el techo la puerta solitaria en el fondo del corredor. No sabía por qué, pero había algo que la atraía hacia ella, como una voz distante que llamaba su nombre; una fuerza invisible que la hizo andar sin darse cuenta, como hipnotizada.

—¿Qué estás haciendo? —preguntó Jacco de pronto. Sólo en ese momento, la niña se dio cuenta de que tenía las manos apoyadas en la superficie de la puerta, y se hizo para atrás, confundida.

Sacudió la cabeza y se dispuso a volver con Jira para ayudarla a buscar, cuando un sonido llamó su atención a la derecha, en la ventana. Allí, del otro lado, había una sombría habitación tapizada con papel color vino y muebles de madera viejos y polvorientos, como los que se hallarían en un viejo ático. Entonces un escalofrío recorrió su espina, y observó al interior como si pudiese recordarlo de antes.

Fue en ese instante que se dio cuenta de algo: ¡En el suelo de la habitación había un collar con una enorme y brillante piedra negra!

Sorprendida, la niña se quitó el cinto negro de la boca y habló fuerte.

—¡Aquí está! Encontré el collar.

Jira, alarmada, salió de entre las rumas de obsidianas y fue a su encuentro.

—Qué lugar tan extraño para tener un collar así de… —de pronto la mujer enmudeció. Un golpe cercano y un estallido en la habitación contigua les indicaron que ya la reina había entrado en sus habitaciones, y los pesados pasos que le siguieron les indicaron que todos sus soldados se encontraban con ella—. Es el fin… —dijo con un hilo de voz.

—Pronto, hay que tomarlo —sin recordar que debía guardar silencio, Laura saltó desde el techo con los brazos estirados y alcanzó el pestillo en la base de la ventana. Ejerció toda la presión que pudo, pero nada sucedió.

«Que pruebe la sirvienta…», dijo una vocecilla.

Laura giró la cabeza, creyendo que alguien le había hablado al oído, pero sólo vio aquella misteriosa puerta.

—Prueba tú —dijo haciéndose a un lado.

Jira asintió e hizo tanta presión como pudo.

Pum! Pum! Pum!

De pronto alguien azotó la puerta por donde habían entrado.

«¡Es aquí! ¡Las he oído aquí adentro!», chilló una voz del otro lado.

—Date prisa —dijo Laura.

Jira ejerció más y más presión, y entonces, el pestillo cedió y la ventana se abrió. Pero también se abrió la puerta del otro lado, y lo que ocurrió después, ninguna de ellas se lo esperó.

Al liberarse el seguro de la ventana, hubo un estremecimiento y de pronto esta se alzó de golpe, y de allí entraron un viento y un ruido creciente como el de una lluvia torrencial. El collar que habían visto en el suelo se convirtió de repente en un ser mediano y esquelético de piel roja, y de súbito un ejército de seres iguales irrumpió en tromba por la ventana con la potencia de un tornado. Su número creció y creció incontenible, y dieron el encuentro a la Reina Ciervo que acababa de aparecer furiosa y con forma humana por la puerta.

Los gritos y chillidos, disparos e insultos, golpes y correteos, y todo lo demás que pudo haber ocurrido entre tanto caos, no se hicieron esperar.

Jira y Laura estaban aterradas.

¡Los demonios estaban todos dentro del castillo!

—¿Qué hemos hecho? —musitó Jira, atónita.

«Muchas gracias, niña», volvió a decir la vocecilla. Laura se volvió veloz, buscando la fuente, y notó un grillo que saltó de entre sus cabellos y se transformó en el mismo ser rojo que había visto antes; lo reconoció por su oreja cortada. La niña agrandó los ojos y recordó todas las veces que lo había visto, no sólo desde que llegara a ese mundo, sino desde antes, desde que subiera por aquellas escaleras empinadas. Era él quien le había pedido tiempo atrás que abriera la ventana por ellos. Era él quien había aparecido en el techo de la sala cuando la reina la descubrió. Era él, estaba segura, quien estuvo detrás de aquella mordida en su pierna, y de su grito delator.

—¡Fuiste tú! —exclamó furiosa al tiempo que se lanzaba sobre la criatura y la mordisqueaba para que no fuera a ningún lado.

—¡Te cuidado! —exclamó Jacco— ¡Es un demonio!

—¡No me importa! —gruñó la niña golpeando a Termías en la cabeza mientras sujetaba su brazo con los dientes.

Laura forcejeó y le pidió ayuda a Jira para no dejar ir al demonio.

—¡¿Qué haremos con él?! —preguntó la muchacha, sujetando al demonio por las piernas.

—Se quedará con nosotras, por su culpa ocurrió todo esto —dijo la niña tirando de Termías por las orejas. Presionó muy fuerte su oreja cortada, y el demonio chilló de dolor e intentó alzar vuelo. En eso sintió la pared a su espalda y de nuevo la puerta misteriosa—. Por aquí —sin dudar, saltó y tomó el pomo de la puerta.

—¡Déjame ir, insolente! —chilló el demonio cuando cerraron la puerta del otro lado, pero Jira (bastante hábil para atar y desatar) lo envolvió en un instante con el cinto negro de la niña y le dio otro golpe en la cabeza huesuda— ¡Soy el Rey Demonio, exijo respeto!

—Se transformará en algo pequeño y escapará de esas ataduras, te lo aseguro —dijo Jacco, en la mano de la niña.

—Que lo intente a ver, que se transforme en pulga o en un grillo. ¡Hazlo y te aplastaré entre la mugre de mis uñas! —Jira hablaba agitada y furiosa. Tenía el rostro colorado, el pelo desordenado y la expresión de alguien que ya no tenía nada que perder.

«Mientras la puerta esté cerrada, Termiasteccoc no podrá transformarse»

En ese momento, una voz diferente y familiar se oyó clara en la habitación, y ambas se quedaron de piedra. Con la prisa, no habían tenido tiempo si quiera de echar un vistazo alrededor, pero entonces, al volverse, el corazón les dio un brinco y por un instante quedaron paralizadas.

No alcanzaron a comprender lo que sus ojos vieron, ni a quién estaba frente a ellas, tan sereno y extrañado como ellas mismas (o quizá un tanto menos confundido).

Era un joven delgado y alto, de cabello y ojos oscuros, y rostro afilado.

—¿Tú...? —gruñó el demonio, quien también había vuelto la mirada.

—Shiro... —masculló la niña.

El joven a pocos pasos de ellas, vio a la niña de pie en el techo con intriga.

—¿Me conoces? —preguntó él, adelantándose hasta donde una cadena sujeta a su tobillo le permitió.

—Shiro… ¿de qué estás hablando? —intervino Jira— ¡¿Qué te ha pasado?! ¿Por qué estás encadenado en este lugar?

El joven parecía cada vez más desconcertado. Por el tono de la mujer, podía darse cuenta de que estaba tan confundida como él en ese momento.

—Jira, ¿cómo dieron conmigo? Respóndeme eso primero.

La muchacha intercambió una mirada con la niña de pie en el techo.

—Tú nos enviaste aquí, ¿lo olvidas? Nos mandaste para conseguir el collar perdido de la Reina del Arroyo, y así poder enviar a esta niña de vuelta a casa.

Shiro la miró largamente.

—Jira, no sé cómo sabes sobre el collar, pero he estado encerrado aquí desde hace mucho. Mi madre me condenó a este lugar luego de que la Reina viniera de visita, desde la precisa mañana en que se marchó.

—No es posible —Laura se adelantó un paso—. Acabas de salvarme hace un momento, cuando cruzábamos hacia aquí. Me devolviste a la tierra con tu forma de águila.

El joven la miró largamente y esbozó una sonrisa condescendiente.

—Niña, lamento decirte que no hice nada de eso. Llevo en este lugar tanto tiempo que ya perdí la cuenta. Mi madre viene en persona sólo para dejarme comida y se marcha por muchos días. Viene a «vernos»; a asegurarse de que sigamos aquí.

Jira no podía creer lo que escuchaba. Se adelantó hacia el joven y posó las manos en su rostro, como para cerciorarse de que era él realmente, lo miró con fijeza, y entonces le dio una cachetada tan fuerte que incluso el demonio hizo un gesto dolorido.

—No te atrevas a jugar con nosotras —Jira habló tensa y los ojos se le enrojecieron—. Creímos en ti y en todo lo que nos dijiste. Eres nuestra última esperanza en este momento, lo único que me separa de morir a manos de tu madre por algo que nunca hice, y a ella de sufrir un destino mucho peor que la muerte, el olvido.

Laura vio al joven de pie frente a ellas y por un instante creyó que se enojaría en serio por el golpe recibido, pero no fue así, su rostro no reflejó emoción alguna.

—Jira te conozco desde hace mucho y hasta te he mostrado mi refugio escondido, no miento, te lo aseguro. He estado aquí todo este tiempo. No sé nada de lo que ocurre abajo…

De repente las palabras del muchacho se vieron ahogadas por un estremecimiento en las paredes. Se podían oír sonidos distantes y amortiguados, como disparos incesantes en todas direcciones. ¡Parecía una guerra allá afuera!

—¿Qué es lo que está ocurriendo? —preguntó.

—Los demonios han entrado por la ventana. Se han pasado a este lado —respondió Laura.

Shiro, el Shiro que tenían frente a ellas, la miró con intriga.

—¿Cómo fue que entraron en el castillo?

Laura bajó la mirada y una sombra cruzó su rostro.

—Fue mi culpa, yo los dejé entrar. Creí ver el collar y abrí la ventana para tomarlo —dijo cambiando un poco la historia para encubrir a Jira.

—¿Cuál es tu nombre, niña?

—La... —y de repente su voz se ahogó, como si hubiese olvidado lo que estaba por decir. Volvió la mirada hacia la sirvienta y un brillo temeroso asomó en sus ojos—. La... —se esforzó por continuar la palabra, por decir su nombre, pero parecía que lo había olvidado.

—¿No recuerdas tu propio nombre? —preguntó el muchacho.

—Tu brazo —le susurró Jacco.

La niña bajó la mirada y buscó en su brazo, y allí leyó lo que el otro Shiro le había escrito antes: «Laura», y volvió a respirar un poco más aliviada.

—¡Niña tonta, guarda silencio! —dijo Jira— Entre más hables, más pronto olvidas. Ya te lo dijo... —volvió la vista hacia el joven— Shiro.

El muchacho dejó escapar una larga exhalación.

—Les juro que he estado aquí todo el tiempo y que daría lo que fuera por salir de nuevo, pero la magia de mi madre es muy fuerte y no puedo romper estas ataduras —Shiro señaló la cadena—. Ni siquiera puedo transfórmame en este lugar.

—¿Entonces con quién hemos hablado todo este tiempo? —preguntó Jira— ¿Con un impostor?

Shiro meneó la cabeza suavemente.

—No lo sé.

En ese punto, tanto la sirvienta como la niña se sintieron caer por un profundo pozo desesperanzado. Y la única luz al final del oscuro túnel por el que iban de repente se esfumó en medio de una pregunta sin respuesta: ¿Qué está sucediendo?

Se sentían engañadas y frustradas; tanto trabajo y esfuerzo habían sido en vano. ¿Había sido todo una mentira?

Jira guardó silencio un momento, sin saber qué hacer o decir.

—Tienes que ayudarnos, por favor —dijo finalmente—. Me preguntaste cómo sabía del collar, y quiere decir que es cierto. ¿Sabes dónde está? Si esa otra persona no nos mintió en eso, el collar de la Reina Lora es nuestra única esperanza.

Shiro suspiró y negó con la cabeza.

—Lo lamento, pero no puedo dárselos. Tengo el plan de entregarlo yo personalmente.

—¿Lo tienes tú?

Shiro extendió las manos alrededor de su cuello y sacó por sobre su camisa un collar sencillo de cuero gastado, desde donde pendía una piedra tan hermosa y brillante como nunca hubieron visto antes. Negra como la obsidiana más pura. Era en esencia sencilla y simple, ni muy redonda ni muy angulosa, y resplandecía en una luz oscura, como la de en una noche despejada y alta, cálida y acogedora. Era sin duda alguna la piedra del arroyo, la joya de la Reina Lora.

—Por favor… —musitó Jira atraída por la belleza de la piedra—. Te lo suplico, debemos darle ese collar a su dueña y rogar que interceda por nosotras.

Shiro bajó la mirada y agachó la cabeza. Vio el collar largamente y luego volvió a esconderlo tras su camisa; y entonces la habitación pareció enfriarse, como si un hechizo se hubiese roto.

En ese momento, una risa grave y tosca se dejó oír a espaldas de las muchachas.

Termiasteccoc, que había observado todo, rio socarronamente.

—Son tontas al creer que las ayudará —dijo el demonio—. Él es así. Un idiota ciego que vive en un mundo de fantasías.

Jira volvió la mirada hacia el Rey demonio y estuvo a punto de gritarle para que se callara, pero se contuvo, pues una nueva pregunta se formuló en su mente.

—¿Lo conoces acaso?

—Él es la razón por la que estoy encerrado —Shiro se adelantó a responder, viendo despectivamente al demonio—, y el pedazo de oreja que le falta es testigo de ello.

Termías intentó palparse la oreja, pero sus ataduras se lo impidieron.

—Todo ocurrió el día en que encontré este collar, el día en que la Reina Lora se marchó —Shiro se pausó un momento, y recordó—. La Reina del arroyo había pasado toda la tarde y la noche anteriores con nosotros y era tiempo de su partida. Me sentía apenado. Yo quería que se quedara más tiempo. Así que esa mañana, cuando la primera luz del alba rayaba en el horizonte, subí hasta las habitaciones de mi madre, donde ella dormía. Quería despedirme antes de que se marchara, y pedirle un favor, pero cuando llegué ya no había nadie; acababa de irse. Me sentí desplomado y sin ánimos, y no pude hacer otra cosa que recorrer la habitación para intentar percibir los últimos atisbos de su presencia. Fue allí cuando me topé con el collar oculto entre las sábanas de su cama, como un tesoro envuelto en paños de seda. Pero cuando quise tomarlo, un ser de piel roja apareció de la nada y saltó sobre mí, y me atacó intentando arrebatarme el collar. Yo me defendí y logré repelerlo. Fue durante ese ataque que lo herí en la oreja y lo hice desaparecer, y creí que ya no volvería.

»No acababa de recobrar el aliento cuando el cuerno en la entrada del palacio resonó con fuerza, y al asomarme por la ventana vi a la Reina del Arroyo con su séquito, dando marcha a su partida. ¡Estaban allí! ¡Tan cerca que apenas tenía que saltar y volar hasta ella! Y tenía además su preciado collar. Me distraje por una fracción de segundo, pero aquel descuido fue suficiente, porque una vez más el demonio apareció y arremetió contra mí. Y esa vez su ataque fue muy fuerte, y me arrojó lejos y dejé caer el collar al suelo —una vez más, Termías y Shiro intercambiaron miradas fulminantes.

—¡Soy Termiasteccoc, el Rey demonio! —exclamó Termías—. Fuiste tú quien corrió con suerte aquella vez, muchacho insolente.

—Si no estuviese limitado por esta cadena te haría tragar esas palabras.

Jira le dio un golpe al demonio en la cabeza, y este dejó escapar un quejido molesto.

—Escucharemos lo que tienes que decir en cuanto él acabe, mantente callado mientras tanto.

El demonio escupió y maldijo, pero al fin guardó silencio.

—Como dije, me tomó por sorpresa y su ataque me dio con fuerza —prosiguió Shiro—. Fue en ese punto cuando mi madre irrumpió en la habitación. Parecía que había subido corriendo; estaba agitada y su mirada iba de un lado a otro. Le advertí del demonio para que tuviese cuidado de su fuerza, pero me ignoró —en eso, una sombra cruzó el rostro del joven— y de repente su mirada se clavó en el collar tirado en el suelo. Fue allí cuando sentí un escalofrío, y desconocí a mi propia madre. La vi como una bruja endemoniada y posesa. Me atrevo a decir que quizá aquel era su verdadero yo. Simplemente se adentró en la habitación y tomó el collar ignorándonos a mí y al demonio. Le dije que tenía que devolverlo, que mi tía estaba cerca, tan solo debía saltar por la ventana. Intenté tomarlo, pero un hechizo cayó sobre mí y quedé desarmado y sin aliento. Poco recuerdo de lo que me dijo, pero entendí que su ambición era más grande que ella. Quería ese collar a como diese lugar. Apenas y oí lo que le dijo al demonio justo antes de que la oscuridad me tragara: «Bien hecho, Termiasteccoc».

—Tu madre está loca… —masculló Laura desde atrás.

Shiro la miró sin hacer gesto alguno, pero se podía leer en su rostro que de cierta forma coincidían.

—Ella odia a su hermana, la Reina del Arroyo, por ser la mayor y por tener la capacidad de alterar las leyes de los mundos tras las puertas; incluso porque puede decidir cuándo hacer que llueva o nieve. Y su odio nunca cesa. Sólo vive acumulando montañas de joyas para sentirse superior. Es por eso que pretendo devolver el collar por mi cuenta, para así pedirle a la reina el favor que tanto anhelo: ser libre del yugo de mi madre.

—Vaya gente —dijo Termías despectivo—. Pero no te sientas mal, a mí también me engañaron, así que estamos a mano.

Shiro estiró el mentón, sin creer en sus palabras.

—Explícate —dijo Jira.

—Esa mujer quería el collar desde el principio, siempre fue así, me lo dijo la noche en que abrió la ventana para dejarme pasar e hicimos el trato. Ella dijo que su hermana vendría pronto de visita y que sus poderes eran mucho para ella, que si intentaba hacer algo se daría cuenta, por eso no podía hacerlo, no podía robar el collar por sí misma. Me dijo que lo último que podría esperar Lora eran los poderes de un demonio como yo. Debía infiltrarme en su habitación por la noche, desprender el collar de su cuello y reemplazarlo por una ilusión; cosa sencilla para mí. A cambio, ella ofreció abrir la ventana para mi gente, para que pudiésemos entrar en este mundo, que es mucho más grande que el nuestro. Yo acepté y cumplí mi parte del trato. Todo iba bien hasta que a ese idiota se le ocurrió aparecer de la nada. Cuando su madre se deshizo de él, pensé que todo seguiría según lo pactado, pero entonces también me envolvió con su magia y me lanzó de regreso por la ventana —Termiasteccoc escupía con odio cada palabra—. Me engañó y me utilizó como a cualquier sirviente. Juré vengarme por eso. Fue así que luego de un tiempo, cuando esta niña llegó a mi puerta, hice lo necesario para volver aquí.

—Y ahora tu venganza está consumada —dijo Shiro.

El demonio asintió.

—Mi gente está aquí, libre ahora. En cierta forma lo está, pero siento que no es suficiente.

—¿Cuándo una venganza ha sido suficiente? —preguntó Jira con ironía.

Termiasteccoc guardó silencio, y durante un momento toda la sala quedó acallada. No había sonido alguno;

nadie dijo nada. Era un silencio profundo y pesado, cargado de indecisiones y culpas, de enojos y disgustos, de tristezas y angustias.

Y siguieron así hasta que una voz distinta habló rompiendo la quietud. Era aquella la voz del arrugado y sucio trozo de papel que la niña traía entre sus manos.

—¿Entonces, al final qué pretendes hacer? —le preguntó a Shiro— ¿Dejarás que esta niña se consuma en el olvido? ¿Dejarás que Jira muera? ¿Dejarás que tu madre se salga con la suya? Pretendes devolver tú mismo el collar y suplicar tu deseo, pero si no lo has notado, sigues atado a una cadena y seguirás así por el resto de tu vida si nosotros no te ayudamos primero. Seguirás «anhelando» poder darle ese collar a la Reina; «anhelando» una libertad que jamás llegará a ti. Jamás serás libre sin nuestra ayuda y jamás seremos libres sin la tuya.

El joven desvió la mirada hasta la niña de pie en el techo, que lo miraba entristecida, y luego al trozo de papel en su mano.

—Lo lamento… No fui yo quien las llenó de promesas.

—Prefería más al otro Shiro, al falso. Al que nos guio hasta este lugar y nos dio esperanzas cuando no existía ninguna. Lo prefiero a él a pesar de que quizá sea un impostor —dijo Laura con la voz dolida—. Vayámonos de aquí y busquemos otra forma de arreglar esto, Jira —se dio vuelta y saltó hacia el pomo de la puerta, y al abrirla, el corredor del otro lado apareció solitario y desordenado. La habitación más allá de la otra puerta se veía vacía, pero en la distancia pudieron oír cuernos y explosiones; de los sirvientes de la Reina Ciervo en su lucha contra los demonios—. Jira, libéralo por favor. El demonio me utilizó pero ya no me interesa si se va o se queda.

—Deja de hablar, tonta —dijo Jira—. ¿Cuál es tu nombre?

Laura suspiró, bajó la mirada a su brazo, y para el horror de la sirvienta, frotó el escrito de carbón hasta hacerlo desaparecer.

—Ya no interesa.

—Pero si tú no lo dices, si tú tampoco lo recuerdas, entonces nosotros tampoco lo sabremos; el olvido te absorberá y ya no podrás volver a tu mundo —dijo Jacco.

—Tú también llegaste a este mundo y jamás pudiste volver a casa, ¿recuerdas tu verdadero nombre?

Jacco guardó silencio.

—No…

—Vayámonos ya, Jira —dijo la niña antes de salir de la habitación. Pero no terminó de completar tres pasos, cuando de repente su peso pareció aumentar de súbito y trastabilló hasta caer de rodillas, y el techo sobre el que andaba comenzó a hundirse bajo su peso.

—¡Cuidado! —gritó Jira corriendo hasta ella y sujetándola de los brazos.

—¡¿Qué está ocurriendo?! —exclamó la niña, dejando caer el papel por accidente.

—¡El mundo te expulsa con mucha más fuerza! La gravedad ahora te está empujando más que antes, sabe que no perteneces aquí —dijo Jacco mientras se bamboleaba hacia el suelo.

—¡No te sueltes de mí! —Jira se presionó contra las paredes con todas sus fuerzas—. Shiro, ayúdame, por favor.

El muchacho en la habitación intentó llegar hasta ellas pero la cadena se lo impidió, y de repente se vio en medio de una encrucijada. Lo que el papel le había dicho antes era cierto. Él seguía encadenado allí sin poder ir a ningún lugar. Seguía aprisionado a merced de su madre, y pasaría muchísimo tiempo atrapado si no aprovechaba ese momento. La única esperanza que tenía estaba frente a sus ojos, y esa esperanza corría peligro. ¿Qué le quedaba entonces? ¿Qué debía hacer?

Termiasteccoc, ya sin ataduras, dejó escapar una risilla y estuvo a punto de marcharse volando, pero entonces la voz del muchacho lo detuvo.

—Espera… —dijo tragándose todo su orgullo—. Eres el único que puede ayudarme y liberarme. Por favor, rompe la cadena con tu magia.

—¿Por qué piensas que lo haré? Por tu culpa perdí una parte de mi oreja y tu madre me traicionó.

—No, no fue por mí. Mi madre, según dices, ya tenía pensado traicionarte desde el principio. Y lo de tu oreja, arranca la mía si quieres; toma mis dos orejas si no es suficiente, pero ayúdame.

Termías lo miró un momento y una sonrisa maliciosa se formó en su rostro.

—Nah… tengo otras cosas qué hacer. Además no tienes la intensión de ayudarlas, así que no tiene caso.

—¡Niña! —chilló Jira cuando el techo se resquebrajó y los pies de la niña comenzaron a salirse más allá del techo del castillo; pataleando desesperados en la oscuridad de la noche.

—¡Por favor!

—¡Demonio, tonto! —exclamó Jacco desde el suelo— ¡¿Crees que porque tu gente atravesó la ventana entonces ya son libres de vivir aquí?! ¿No te das cuenta de que la Reina Ciervo los cazará hasta el último de ustedes? ¡Jamás vivirán en paz! La única que puede darles el permiso de vivir en este mundo es la Reina del Arroyo, y para pedirle un favor también necesitarás el collar.

De repente, la sonrisa en el rostro del demonio despareció.

—¡Jira! —chilló Laura cuando el techo se abrió todavía más y el cielo estrellado se reveló sobre ellas.

—¡Dame el collar! —rugió el demonio.

—Iremos todos y cada uno pedirá una cosa. Estará en la Reina Lora el concederlos todos o ninguno. Según dicen, ella cree mucho en los favores que le hacen —dijo Shiro.

—¿Y si me traicionas? ¿Qué te hace pensar que voy a confiar en el hijo de esa bruja traicionera?

En ese momento, varios gritos desesperados se dejaron oír. El crujido de la madera al ceder bajo la presión retumbó fuerte y desgarrador, y luego la voz de la niña que pedía ayuda a gritos se ahogó alejándose poco a poco.

—¡No te sueltes! —le gritó Jira, todavía aferrada a ella, mientras ambas se elevaban cada vez más alto en el cielo nocturno. Más abajo se veían estallidos de fuego y pólvora. La batalla entre los sirvientes de la Reina Ciervo y los demonios era encarnizada, y tomaba lugar en los jardines del palacio y en los pisos inferiores del castillo. La gente corría por todas partes, huyendo despavorida de las explosiones y de las garras de los demonios, que arrojaban objetos y volaban de un lado a otro.

—¡Jira! —lloriqueó Laura viendo a la muchacha que se aferraba con fuerza de sus brazos.

Jira tenía la mirada grande y aterrada, y en el reflejo de sus ojos, la niña atisbó el brillo plateado de la luna a sus espaldas, vibrando como una imagen en aguas temblorosas.

Poco a poco fue sumiendo su mirada en aquel brillo hermoso y tranquilizador, y se dejó llevar por una calidez que la abrigó y alejó todo el ruido, y que pareció atraerla como una canción dulce, cuando de repente creyó ver una sombra que pasó fugaz y desapareció al instante. Aquella visión hizo brincar su corazón, y volvió la mirada por sobre el hombro.

«Shiro», pensó ella, y su mente no se posó en la imagen del muchacho encadenado, sino en la del joven que había conocido al principio. Era en él en quien pensaba, y lo veía en su imaginación como el caballero alado que volaba hacia ella para rescatarla. Sin importarle que se tratase de un impostor.

«¿Qué ocurre?», resonó la voz de Jira, pero la niña siguió escudriñando el cielo con la mirada.

Fue en ese preciso instante en que un chillido distinto, agudo y largo, se escuchó en alguna parte bajo ellas. El corazón de Laura brincó emocionado. Conocía aquel sonido poderoso y estremecedor. Era la voz del águila que la había salvado antes. Y de súbito, Jira dejó escapar un grito al tiempo que un fuerte viento las azotó. La niña sintió que algo aferraba fuerte su cintura desde atrás y luego oyó un aleteo pesado y esforzado. Al alzar la vista, un águila enorme de plumas blancas y doradas apareció tirando de ellas de vuelta al castillo.

—Shiro... —musitó la niña con el corazón emocionado y lleno de esperanzas. Pero de pronto, por sobre el lomo del ave, asomó una cabeza rojiza con ojos amarillos y orejas puntiagudas. Termías le sonrió de forma tosca y se rio con fuerza.

—¡Tienes suerte, niña! ¡Haz conseguido que ambos nos pongamos de acuerdo y decidamos unirnos a tu causa! ¡Todos necesitamos de todos en este momento!

Laura asintió, pero la emoción que la embargó antes, de pronto se desplomó.

Pero no la malentiendan. Sentía gratitud hacia sus salvadores, pero no alcanzaba a despertarse en ella esa emoción que antes había sentido, la primera vez que el águila la rescató.

—¡¿Hacia dónde vamos?! —preguntó Termías.

Y entonces Laura despertó de su ensimismamiento y se halló de cara contra esa pregunta: «¿Hacia dónde vamos?».

Ya tenían el collar, pero ahora no tenían un rumbo.

Volver abajo, al suelo, no tendría sentido; la gravedad la expulsaba, y tampoco sabía cuánto más podría resistir Shiro la fuerza de expulsión del mundo.

«¿Hacia dónde vamos?», se preguntó de nuevo.

En eso vino hasta su mente el recuerdo de aquella habitación, donde conocieron al Shiro falso, y las palabras que les dijo: «Luego habrá que llevarlo con la Reina, al final de las corrientes...».

«Las corrientes... ¡¿Pero cuáles corrientes?!».

Y una vez más pareció que el destino confabulaba a su favor. Como si tuviesen un ente protector que las ayudaba cuando la desesperanza reinaba, y que les daba luz cuando las sombras caían espesas y todo parecía perdido. Entonces, una voz susurrante y juguetona, la voz de una brisa, llegó hasta sus oídos en medio del caos.

«Las corrientes... Vuelve con Hokku. Vuelve al palacio», dijo la vocecilla.

Y Laura gritó las órdenes antes de que pudiese siquiera pensar en ellas.

—¡Las corrientes! ¡Debemos volver al castillo, donde el Rey Hokku!

El águila entendió lo que dijo y aleteó de nuevo con mucha fuerza, enfilando hacia la ruptura en el techo por donde había salido.

Al volver la mirada al palacio, justo sobre el techo del ala Sur, Laura vio una figura que las miraba atentamente. Era un joven delgado y alto, y sus ojos brillaron como el oro.

La niña lo vio y lo reconoció de inmediato, y una vez más su corazón dio un brinco.

«Shiro»

Pero su visión se desvaneció en cuanto entraron como un huracán en el palacio. Irrumpieron en la habitación donde antes Shiro estuvo encadenado y pasaron volando raudamente por el corredor hasta llegar a la sala de las columnas rojas.

—¡Jacco! —gritó Laura cuando pasaron sobre el papel todavía tirado en el suelo.

De repente, frente a ellos apareció la puerta que daba al mundo del Rey Hokku, y como por arte de magia, se abrió para dejarlos pasar y luego se cerró de un solo portazo.

—Laura… —dijo Jacco con un hilo de voz; tirado en el suelo sin poder ir con ellos.

Entonces todo el ruido se acalló y la habitación quedó sumida en un silencio triste y amargo. En parte feliz, porque habían podido salvar a la niña, pero en parte triste porque había quedado atrás, y estaba seguro de que nadie volvería por él, porque no podrían.

Jacco bajó la mirada, devastado, y sintió ganas de llorar, pero no pudo hacerlo pues era sólo un trozo de papel.

—¿Por qué tan triste, amiguito? —preguntó entonces otra voz, anciana y paciente.

Por más que buscó, Jacco no pudo dar con la fuente, pero en ese momento un viento sopló y lo hizo dar un par de volteretas en al aire, hasta que su ojos se toparon con los ojos de diamante de un anciano de barbas luengas y blancas.

—Viejo Viento… —dijo el papel sin poder creer lo que veía.

El anciano le sonrió y lo estiró, limpiándole las manchas y desvaneciendo sus arrugas.

—Ya nos conocemos de antes, así que podrías usar mi nombre si no te molesta.

—Lo siento —se apresuró en decir Jacco—, Reuel.

—¿Entonces, te dejaron aquí solo y olvidado? —preguntó con una voz profunda y amistosa.

Una sombra cruzó el rostro del papel.

—No pude ir con ellos. Traían mucha prisa y quedé rezagado.

—Ya veo… —dijo el anciano—. Pero descuida, nunca es demasiado tarde, y cierta brisa juguetona me contó lo mucho que has ayudado a esa niña. La misma brisa que por cierto tanto detestas.

Jacco estuvo a punto de disculparse, pero el anciano lo miró y su sencilla sonrisa bondadosa lo dejó pasmado y en silencio.

—Descuida, descuida, a veces yo también reniego de ellas —se encogió de hombros—. Pero así es con los miembros de la familia, y se les quiere al fin. Ahora, como decía, nunca es demasiado tarde. Siempre he tenido la opinión de que todo el mundo, y eso incluye papeles habladores, merece un poco de ayuda de vez en cuando. Ven conmigo, creo que tengo idea de adonde se dirigen tus amigos. Sólo espero que no te importe ir un poco apretujado.

Y antes de que Jacco pudiese si quiera pensarlo, el anciano lo dobló y lo metió en uno de sus bolsillos, y tan de repente como apareció, se desvaneció entre los arrullos de un viento suave.

Del otro lado de la puerta, en los dominios del Rey Hokku, un sol brillante y alto resplandecía sobre un cielo claro. Agitados, como si acabasen de terminar una larga carrera, los cuatro se hallaron tendidos bocarriba sobre el jardín suave y mullido. Shiro era de nuevo un muchacho y el demonio se encontraba tendido a su lado. Jira, un poco más atrás, todavía respiraba asustada y tenía los ojos vidriosos; apenas hacía unos instantes había estado colgando muy alto sobre el castillo, y la muerte había rozado su existencia; sin embargo, gracias al destino, todavía vivía y el corazón que latía con fuerza en su pecho era prueba de ello.

—¡Niña! —gritó de pronto, alzándose asustada, pero entonces vio que ella se encontraba también tendida un poco más a la derecha sobre el jardín— Pero... —tartamudeó— No entiendo. Estabas a punto de salir volando fuera de este mundo, hacia el olvido. Pero ahora estás aquí tendida como si nada.

La niña se volvió hacia ella y la miró con desconcierto. Se vio a sí misma y sencillamente se encogió de hombros.

«Se encuentran en el reino de los árboles ahora, y como tal, pertenece a otro mundo y a otra puerta. Aquí la gravedad no la repelerá por el momento», habló una vocecilla diminuta y juguetona que les resultó familiar, cerca del lago. Era la voz de un diente de león, el mismo que les había hablado la primera vez que estuvieron allí.

—Pero ya habíamos estado aquí y ella seguía de cabeza —dijo Jira.

—Te corrijo: ella nunca entró ni cerró la puerta detrás —dijo el diente de león con tranquilidad—. Este mundo es del Rey Hokku y de la Reina Nierva, la gran reina flor, pero ella no está ahora por aquí; se marchó con su novio, el Viento Norte, para formar nuevas colonias.

—¿De nuevo ustedes por aquí? —dijo de repente la resoplante y cadenciosa voz de un gran árbol. Era aquel el mismo sauce robusto y grande que les había hablado antes, el Rey Hokku.

Shiro, más adelante, se puso de pie y agachó la cabeza; haciendo una venia hacia el Rey y sus demás árboles acompañantes.

—¿Las conoce, mi señor? —preguntó elevando la voz y tornándola pausada.

Desde luego, Shiro conocía bien al Rey Sauce y a sus compañeros árboles, pues había pasado incontables horas entre ellos; jugueteando entre sus ramas y aprendiendo de su sabiduría y de sus viejas historias. Aprendió que ellos apreciaban la tranquilidad y el fluir del tiempo. Y de que para ellos, una hora es apenas un suspiro y un día no más que una brisa. Los árboles viven a un ritmo distinto al nuestro, y ven las cosas con ojos de calma y paciencia. Respiran profundo; una bocanada de día y otra de noche, y casi nunca duermen, tan solo se sumergen en recuerdos antiguos y oyen atentos; escuchan las distantes palabras del viento y el latir del corazón de la Tierra.

—Desde luego, son unas insolentes que vinieron por ayuda y se marcharon sin dar las gracias. No quiero verlas aquí, Shiro. Que se marchen por donde vinieron…

—No es verdad, nosotras sólo… —pero Jira ahogó sus palabras cuando el muchacho alzó la mano para que guardara silencio.

Shiro avanzó por el jardín y pasó junto a las flores, en la orilla.

—Me disculpo por su insolencia —dijo haciendo una venia pronunciada y estirando mucho las palabras—, pero ellas no saben de su gran sabiduría, oh, mi buen Rey Sauce. No lo conocen. No saben de los magníficos que pueden ser ustedes, ni saben cómo tratarlos. Me disculpo por ellas, pues yo las mandé a buscar algo.

Hubo un momento de silencio, en donde sólo oyeron el rumor del viento en las cimas de los árboles. Jira y Laura sospecharon que era el viento quien le hablaba al árbol y le contaba las últimas novedades.

—¿Tú las mandaste, dices? —habló otro árbol, un roble más joven y pequeño—. Ni siquiera te mencionaron.

—Así es, mi buen amigo, y cometí un error al enviarlas por su cuenta. Me disculpo.

El viento volvió a soplar, murmurando como el sonido de una lluvia densa y pesada; contándoles todo a los árboles; diciéndoles sólo la verdad (desde luego, había sido un Shiro el que las había enviado antes, aunque no el verdadero, así que aquello no era del todo falso). Hasta que unos minutos después, la voz del Sauce volvió a reverberar.

—El viento me cuenta que tienes problemas, Shiro, y que hay un gran lío del otro lado de esta puerta. Dicen que buscas a la Reina del Arroyo y que las vidas de estas jóvenes penden en cierta forma de ti, ¿me equivoco?

—No… no se equivoca, oh, mi sabio Rey Sauce. Hemos venido ante usted para implorar su misericordia, para buscar un poco de su sabiduría. ¿Podría usted ayudarnos?

El árbol permaneció en silencio y esta vez no hubo ningún viento entre las copas.

—Shiro, te recuerdo desde que eras apenas un pichón imprudente que revoloteaba entre mis ramas. Te he contado historias que jamás nadie ha oído y eres un gran amigo mío y de mi familia, pero temo que no podría hacer mucho por ayudarte en este caso. No podría dejar que vayan más allá, no podría dejar que encuentren a la reina porque arrastrarían a otros mundos los problemas que han causado. La cierva debe estar furiosa, y no tengo ganas de verla; así sea tu madre.

—Pero… mi señor —replicó el joven, algo dubitativo—. Oh, mi sabio Rey Sauce, por favor, no me abandone ahora que estoy tan cerca…

—¡He tomado una decisión…! —la prominente y perentoria voz del rey retumbó estremeciendo el suelo. Pero cuando pareció que todo estaba perdido y ni siquiera Shiro podría conseguir su ayuda, un viento huracanado y lejano sopló fuerte y rasante; agitando el agua del lago y sacudiendo las hojas de toda la arboleda. La voz del Rey se ahogó bajo un nuevo murmullo entre las copas. Luego de eso, un silencio largo se extendió entre ellos.

Entonces, luego de algunos inquietantes momentos, el gran árbol habló:

—Acabo de ser informado, Shiro, por la voz del propio padre-viento —dijo el árbol con la voz notablemente más suavizada—. La búsqueda que tienen, su misión, es más importante de lo que creíamos y nos dijeron las brisas —el sauce hizo una pausa—. Un Rey debe ser sabio, Shiro. Un buen Rey es capaz de poder ordenar con la fuerza y el respaldo de su propia convicción, pero un Rey sabio, deber ser capaz de doblegar esa misma fuerza y dejar de lado su propia convicción, si entiende que está equivocado. Me he dado cuenta de mi error y por ello me disculpo contigo y tus amigos. Los ayudaré en su camino.

Tanto Jira como Laura intercambiaron miradas; preguntándose por qué había cambiado de opinión ese árbol testarudo. Shiro pareció darse cuenta, y sólo negó con la cabeza con mucha sutileza, como diciéndoles que él tampoco tenía idea. El joven volvió la mirada hacia los árboles, asintió en silencio e hizo una nueva venia. En tanto tiempo de conocer al gran sauce, sabía cómo era él y lo obstinado que podía llegar a ser, y jamás nunca se había retractado de algo cuando daba la sentencia final. ¿Qué lo habría hecho cambiar de opinión? No estaba seguro, pero tenía que ver con la intervención del mismo padre-viento. ¿Por qué había intercedido por ellos? ¿Sabía del collar perdido? ¿Lo había hecho ha pedido de la Reina del Arroyo? ¿Acaso sabía ella que iban todos en camino? Era ella una dama sabia, no le cabía duda, y lo más probable fuese que también pudiese escuchar el viento, y al sol, y muchas otras voces que nadie más oía; como la voz del tiempo.

Como fuera, al final ya no se hizo más preguntas, pues sabía que jamás tendrían respuesta, y asintió la cabeza como aceptación y agradecimiento.

—¿Cómo podemos llegar hasta donde se encuentra la Reina del Arroyo? —preguntó.

—Al final de las corrientes, más allá de los límites de mis tierras… —dijo el Sauce, dejando caer al agua una gran corteza desde una de sus ramas más altas. La corteza rompió la quietud del lago y flotó hasta quedar encallada en la orilla.

«Al final de las corrientes…», recitó Laura, y Jira la vio y asintió despacio.

Shiro se adelantó para sujetar la corteza y les hizo una seña a las muchachas y al demonio, que había guardado silencio todo ese tiempo. Cuando la niña y Jira se aproximaron hacia él, Termías saltó, se trasformó en un escarabajo, y se prendió del traje blanco de Laura.

—No me gusta el agua —dijo mientras escalaba por su ropa hasta llegarle a los hombros.

La niña iba a montar en la corteza, cuando volvió la mirada hacia la puerta de entrada y pareció acordarse de algo; del papel que había viajado con ella desde el principio, de Jacco. Quiso volver y traerlo de vuelta (o al menos eso se le vino a la mente), pero Shiro la tomó por el brazo y al verla a los ojos negó con la cabeza.

—Si abres esa puerta de nuevo, todo el caos del otro mundo llegará con nosotros y la gravedad terminará por expulsarte. Tu amigo entenderá por qué no podemos volver con él.

Laura suspiró y asintió algo cabizbaja.

—No es la primera vez que se me pierde —dijo al fin, subiendo a la corteza—. Antes también nos separamos, pero él se las arregló para llegar de vuelta conmigo; espero que esta vez pueda hacer lo mismo.

—Pierde cuidado, ese papel es un obstinado —dijo Jira.

Cuando todos estuvieron dentro de la gran corteza, un nuevo viento sopló con fuerza a su alrededor y comenzaron a moverse. El gran sauce se sacudió desde su base en la orilla del lago, y se alzaron unas ramas y se movieron varias de sus raíces más grandes y pesadas; dejando al descubierto un túnel por donde seguía la corriente; lo suficientemente amplio para que pudiesen navegar por él sin problemas.

—Las corrientes… —murmuró la niña cuando la gruta los engulló y el sauce volvió a cerrar la entrada con sus propias raíces.

El silencio reinaba en aquel lugar, roto apenas por el suave rumor del arroyo bajo la corteza y el gorgoteo del agua entre las rocas. Al principio, fueron alumbrados por la luz fría de unos hongos que crecían en las paredes y el techo, que se encendían con luz fantasmal mientras pasaban, y se apagaban cuando los dejaban atrás, pero al poco tiempo los hongos fueron escaseando, hasta que al extinguirse la luz del último, la negrura los envolvió y un viento misterioso sopló a su alrededor. Por allí fueron durante otro tiempo más, envueltos en aquella densa oscuridad, cuando poco a poco notaron que sus siluetas se fueron dibujando, tornándose color plata, y de repente pudieron ver la corteza bajo sus pies, y el lago reluciendo como un espejo. Allí descubrieron que el techo sobre sus cabezas había cambiado, y vieron asombrados un cielo altísimo y estrellado, en donde la Luna brillaba como una perla hermosa e inmensa a través de la roca transparente.

—Hemos entrado al Reino del Arroyo —dijo Shiro con suavidad, viendo el trémulo brillo de las estrellas como diamantes en el cielo—. No conozco mucho más de esto de lo que he oído en los relatos de los árboles.

—¿Qué se supone que buscamos aquí? —preguntó Jira.

—Lo mismo que se busca cuando alcanzas el canal, mujer tonta. Una puerta… —pero la voz de Termiasteccoc se vio interrumpida por su propio quejido dolorido.

—Te seguiré dando golpes si no comienzas a hablar con respeto… —dijo Laura, quien le había dado un manotazo.

—¡Cómo te atreves! —estalló el demonio, pero no acabó de iniciar sus reclamos furibundos, cuando sus palabras se ahogaron bajo el sonido seco y áspero de la madera rozando el fondo del canal (además del sacudón que casi les hace perder el equilibrio)— ¿Y ahora qué?

—El arroyo parece haberse secado —Shiro se asomó al frente de la corteza y se bajó—. No estoy seguro del porqué.

—Tú dijiste… —comenzó a decir Jira, pero se contuvo—. El otro Shiro, diré, él nos dijo que el arroyo debía de estar seco. Fue porque el demonio se metió en la otra puerta…

—¿Y se supone que yo tengo la culpa? —replicó el demonio con enojo.

—¿Hay algún otro tonto demonio entre nosotros? —espetó Jira igual de enfadada.

—¡Cómo te atreves a llamarme tonto!

—¡Ya basta! —exclamó la niña—. Vamos todos hacia el mismo destino… —se tomó del borde de la corteza y saltó fuera—. ¿No podemos simplemente seguir caminando tranquilos?

Jira la vio un momento y finalmente dejó escapar un resoplido que apaciguó su enojo. Asintió con la cabeza y saltó ella también del trozo de madera.

—Lo siento… ¿Hacia dónde entonces? —preguntó la sirvienta.

—Allá, a la luz… —dijo Shiro desde más adelante.

Cuando llegaron junto a él, vieron tras una curva la luz cálida de unas lámparas encendidas en el fondo. Al verlas, Laura recordó la entrada al reino de Jira; de cuando navegaba sola por el arroyo, y no pudo evitar sentirse sobrecogida.

«La última puerta», pensó mientras se dirigían hacia la luz que estaba todavía lejos, sin tener idea de la furia que más atrás los acechaba. De la endemoniada Reina Ciervo, que cuando logró reordenar sus ejércitos y contratacar a los demonios, dejó el mando a su primer oficial y regresó a sus habitaciones con el odio corriendo torrentoso por sus venas.

Aterrador fue su grito histérico cuando alcanzó la puerta de la ventana y de la prisión, y descubrió que ni Shiro ni la joya del arroyo seguían allí. Fue tan espeluznante el chillido, medio animal y medio humano, que incluso abajo en plena guerra, todos alzaron las miradas hacia lo alto del castillo, y tuvieron miedo.

La reina quería matarlas.

Habían robado su tesoro más valioso.

Aquella forastera y la sirvienta.

Las buscó por todas partes: en su habitación, en la celda y en los techos, pero no tuvo ninguna pista de su paradero sino hasta que vio una pluma blanca cerca de la puerta de los árboles, y entonces lo entendió todo: Shiro las llevaba hacia la puerta de su hermana.

Irrumpió en los dominios del Rey Hokku convertida en ciervo, y utilizó sus más feroces maldiciones para continuar su camino a pesar de los reclamos del sauce.

Pero ella no fue por la cueva bajo el árbol. Como Reina de su mundo, conocía las reglas y los muchos caminos del arroyo, y sabía hacia donde llegaba el canal y la puerta en su final; sabía dónde esperarlos. Así que tomó otro camino, y perfiló a la izquierda y se marchó por un sendero que rodeaba la arboleda y se perdía entre las colinas. Y lo único que veía, enceguecida por la codicia y el odio, era la piedra negra que la llamaba. El corazón del río que clamaba su nombre, y la sangre derramada de los que se habían atrevido a robarla.

—¿Cómo se supone que pasaremos por aquí? —preguntó Jira cuando se hallaron alumbrados por la luz de las lámparas y descubrieron una tarima de madera pulida y una pared en donde no había ninguna puerta. No había nada más que una sombra en la superficie blanca, como la huella dejada por un cuadro cuando es colgado mucho tiempo en un mismo lugar.

—Una puerta sin puerta —dijo Termías, saltando del hombro de la niña y haciéndose demonio nuevamente. Caminó por el tabladillo y palpó la pared con cuidado; acercando la oreja para oír del otro lado—. ¿Alguna idea? —preguntó volviendo la mirada al muchacho.

Shiro negó con la cabeza y se aproximó junto a él. Jira también lo hizo; sin embargo, la niña quedó rezagada. Tenía la vista fija en la sombra de la pared, que por alguna razón se le hacía familiar.

«El plato…», murmuró para sí misma cuando recordó un momento pasado.

Alzó la vista y buscó en el suelo del tabladillo algún recipiente con agua, pero no halló nada; nada más aparte de Termías, Shiro y Jira, quienes andaban por allí, enfrascados en una nueva discusión. Esta vez se recriminaban la falta de ideas y la poca ayuda que representaban.

Ella los observó en silencio desde atrás, y no pudo evitar sentirse decaída al ver cómo sus compañeros eran incapaces de estar en paz.

Cabizbaja, perdió la mirada en un pequeño charco de agua frente a ella. Sus ojos, grandes y marrones, le devolvieron la mirada alumbrados en el trémulo brillo de las lámparas, y vio en el reflejo el andar ofuscado de los tres.

Allí los vio por un rato y en silencio, siguiendo con la mirada sus piernas reflejadas en el agua, sumiéndose en sus propios pensamientos, hasta que poco a poco sus voces se fueron alejando y se tornaron distantes como murmullos amortiguados; cuando de repente un escalofrío recorrió su espina y dio un respingo. Algo se había cruzado en su visión del reflejo. Pasó rápido como una sombra, fugaz como un fantasma, pero fue claro. ¡Otra persona pasó entre ellos y ni siquiera la notaron!

Alarmada, Laura alzó la mirada pero no vio a nadie, así que retrocedió unos pasos para intentar ver desde otro ángulo en el reflejo; verlo bien si pasaba de nuevo, pero no lo hizo, y sólo pudo ver los rostros de sus acompañantes en el agua. Pero también vio algo más, algo que estaba allí en la pared, pero que al mismo tiempo no estaba. ¡Había una ventana frente a ellos! En el preciso lugar donde la sombra manchaba la superficie blanca del muro, y sólo se veía en el reflejo.

Y de súbito, la voz potente de la propia niña hizo que los demás guardaran silencio y se volvieran a verla.

Jira intentó preguntar qué le ocurría, pero apenas pudo de ver cómo ella se arrodillaba sobre el charco y se metía en él hasta desaparecer por completo.

—¡Niña! —exclamaron todos y saltaron hacia el lugar donde estuvo apenas un instante atrás.

Del otro lado, Laura emergió empapada de pies a cabeza en el mismo túnel del arroyo, frente al tabladillo y la pared blanca, y entonces pudo ver con sus propios ojos la ventana.

Con un poco de esfuerzo, pues el tabladillo le quedaba alto, trepó y se aproximó hacia el cristal, y allí asomó la cara.

Ella hubiese esperado ver un espacio similar a los dominios del Rey Hokku, en donde un sol eterno brillase sobre campos de pasto verde y arboledas; sin embargo, lo que vio fue un cielo gris y nuboso, y un lago ancho encerrado por montañas de tierra yerma y oscura.

Abrumada por aquella deprimente visión del exterior, se dispuso a empujar la ventana, pero estaba trabada y el seguro dorado se hallaba en lo más alto del marco, lejos de su alcance. Extendió el brazo y dio un par de saltos, pero no fue suficiente. Estaba en eso, cuando una mano se posó sobre su hombro y una voz a su lado habló con suavidad.

«Yo te ayudo», dijo la voz de Shiro.

Al verlo, Laura no pudo evitar ruborizarse. Él y los otros habían pasado también por el charco.

—¿Esos son los dominios de la Reina del Arroyo? —preguntó Jira aplastando la nariz contra el vidrio.

—Lo descubriremos pronto, si me ayudas con esto —dijo Shiro—. Hemos llegado aquí gracias a… —Shiro fijó la mirada en Laura e intentó recordar su nombre, pero no pudo—. La niña…

Aquellas palabras, «la niña», calaron profundo en Laura, quien bajó la cabeza y se entristeció al percatarse de que ya ni ella misma recordaba su propio nombre.

Jira se dio cuenta de eso, y le frotó el hombro para ayudarla a pasar la pena.

—Descuida, lo volveremos a saber pronto —le dijo. Acto seguido, levantó el brazo y ayudó a Shiro a destrabar el seguro.

Cuando finalmente lo removieron, la ventana se levantó de un golpe y un viento frío y misterioso sopló a su alrededor; trayendo consigo el murmullo del agua y el rugido del cielo nublado.

—Tú descubriste la ventana, pasa tú primero —le dijo Shiro, y entrenzó los dedos de sus manos para que apoyase el pie.

La niña asintió, puso el pie en sus manos y metió el cuerpo a través de la ventana, se giró sobre el marco y saltó del otro lado, pero en el momento en que sus manos se separaron de la madera, la ventana se cerró de golpe; apartándola de los otros.

Alarmada, intentó abrir de nuevo la ventana pero estaba trabada, y poco a poco el cristal se fue empañando como si de pronto la temperatura hubiese descendido.

«No te alarmes, podrán seguirte pronto», dijo una voz a su espalda.

Con un sobresalto, la niña se volvió y no pudo evitar verse sorprendida y sonrojarse, pues Shiro, el Shiro que conoció en un principio, la veía sonriendo amistoso a pocos pasos. Supo que era él, pues tenía un leve corte a la altura del cuello que se veía todavía rojizo, de la vez en que fue atacado por los soldados de la reina.

—Tú… —musitó ella.

—Yo —dijo él, y su sonrisa se ensanchó—. Presumo que ya no puedo decirte que soy quien creíste que era, ni tampoco hacer lo que quisieras que haga.

La niña frunció el ceño.

—¿Cómo dices?

El Shiro frente a ella dejó escapar una risa y volvió la mirada al lago.

—Ven conmigo —dijo, y echó a andar hasta alcanzar la orilla del agua.

Laura lo vio un instante, dubitativa, pero finalmente lo siguió. Sabía que él no era quien creía, pero de alguna manera le daba confianza.

—Me gusta este lugar —comenzó a decir el joven—. No muy soleado, no muy frío, no muy cálido. Suficiente vegetación y suficiente calma. Aquí vengo para pensar cuando quiero estar tranquilo. ¿Te gusta?

—Le falta algo más de vida… —dijo Laura, pero se interrumpió de inmediato temiendo haber cometido una falta de respeto.

El muchacho a su lado asintió.

—Vida como esta, ¿quizá? —dijo, y presionó el suelo con el pie. En eso brotó allí una hermosa flor blanca y dorada, con el tallo más verde y encendido que la niña alguna vez hubiese visto. La flor, un tulipán, se estiró como desperezándose luego de una siesta y meneó su espigado cuerpo con el viento. Parecía sonreír con rayos de sol.

—Todo florece y al mismo tiempo perece. Así sucede aquí, en este valle —dijo el joven, y de un solo pisotón hizo pedazos la flor.

Laura se sorprendió al ver esto y por un instante quiso reclamarle aquella crueldad. Pero Shiro la vio con calma, y todos los sentimientos encontrados de la niña se apaciguaron; porque sintió que debía haber una buena razón para lo que hizo.

—Nada se destruye en este camino intermedio, y eso es gracias al agua. El agua que ves aquí es muy importante en este mundo, y en cada uno de sus reinos. El agua lleva la energía y la vida, y permite que todo… —Shiro entornó los ojos, como buscando la palabra adecuada— «fluya…» de un lugar a otro con las corrientes. La energía se traslada, jamás desaparece. Recuerda eso.

—¿Puedo hacerte una pregunta? —dijo la niña cuando le pareció que Shiro había terminado lo que estaba diciendo.

—Sólo una, porque tus amigos ya empiezan a preocuparse, y aún tengo un par de cosas que decirte. Y no vayas a preguntar «Quién eres», porque sería desperdiciarla.

Laura ladeó la cabeza. Le acababa de quitar su pregunta. Y Shiro pareció darse cuenta, porque dejó escapar una carcajada.

—Lo siento. Adelante. Pregunta eso si quieres. Pero presumo que tú misma podrías llegar a la respuesta.

La niña desvió la mirada, y formuló otra pregunta.

—¿Por qué estamos aquí?

Shiro exhaló, asintió pensativo, y posó su mirada en la de ella. Y quizá fue su imaginación, pero Laura pudo jurar vio un brillo dorado en sus ojos oscuros.

—Porque deseo darte algo, algo que se perdió hace tiempo —dijo agachándose y metiendo su mano en el agua, de donde tomó una pequeña roca negra—. Cuando venga el momento, lo entenderás.

Del otro lado del vidrio, Shiro y Jira presionaban el seguro con todas sus fuerzas.

Habían descartado el uso de la magia, pues cuando Termías intentó hacerlo, su propio hechizo le rebotó y lo dejó aturdido.

—Es inútil —dijo Jira, pero en ese mismo momento, el seguro se destrabó por sí solo y la ventana se abrió con suavidad. La niña los vio del otro lado.

—Se tardaron mucho —dijo Laura, sola, cuando todos estuvieron con ella en el valle—. Creo que tenemos que ir hacia allá.

Al seguir la dirección en la que señalaba, vieron que en medio del lago se alzaba un gran arco blanco, por donde las aguas espumaban y revoloteaban en pequeños remolinos. Un arco que antes no había estado allí, pero que se dejó ver poco después de que el Shiro falso y la niña se separaran.

—¿Qué es lo que hay allá? —preguntó Jira ahuecando las manos junto a los ojos.

—Las corrientes… —dijo Shiro, hablando más para sí mismo—. Es lo que dijo el Rey Hokku: «Al final de las corrientes, más allá de los límites de mis tierras…» —añadió cuando notó que la niña lo observaba.

Laura se adelantó unos pasos y fue hasta la orilla del lago.

—No es muy profunda. Creo que no pasa de las rodillas.

—¿Ya te metiste al agua? —le preguntó Jira.

—Algo así… —mintió ella. Pero la verdad fue que había visto cómo el otro Shiro se alejaba caminando por el agua antes desaparecer entre las corrientes del viento.

«Guárdala hasta entonces», le había dicho él antes de partir, junto con otras cosas más, y le dio la pequeña piedra que había recogido del lago.

La niña desvió la mirada y jugueteó con la piedrita entre los dedos, antes de metérsela al bolsillo. Era negra y redondeada, y parecía seguir mojada pese a estar totalmente seca. Pero lo más curioso era que desprendía un suave pigmento al tacto, como tinta oscura.

—Qué lugar tan feo es este, ¿así son los dominios de la reina? —preguntó Jira viendo alrededor.

—La reina jamás ha tenido buen gusto. ¡Mira el lugar que nos dio para vivir a mí y a mi gente! Es un basural —se quejó Termías.

—En eso te equivocas. La reina no moldeó este mundo, ella sólo lo gobierna —dijo Shiro avanzando hasta la orilla del lago—. Este mundo fue formado por seres anteriores a ella, por los Reyes Viejos, y el lugar que tienen para vivir fue elegido por tus ancestros. Deberías saberlo.

—No pretendas ahora ponerte de su lado —gruñó el demonio—. Sea como sea, ella tiene el poder para dejarme andar a mí y a mi gente con libertad.

Shiro exhaló largamente. Pareció que no deseaba enfrascarse en otra acalorada discusión con el demonio, pues sabía que ello no llevaría a ningún lado. Se limitó a dirigirle una mirada dura y volvió la vista hacia el fondo del lago, donde el arco se alzaba solitario perfilado contra un horizonte oscuro y montañoso.

—Parece la salida de una gruta —dijo Jira.

—¿Qué? —preguntó Termiasteccoc.

—Allá, donde se eleva el arco. Si te fijas, el cielo es gris más arriba; de tormenta. Pero más abajo, cerca de la base, se oscurece. Hay una sombra… Si así se le puede decir a eso. Por eso digo que parece la salida de una gruta, o la entrada, da lo mismo.

—Sería mejor que dijeras un «abismo» —sugirió Shiro.

—Pero un abismo no causa sombra, al menos no una como esa, que parece que se derramase de una «gruta» al exterior.

—No entiendo nada de lo que dicen —exclamó el demonio—. No veo ni abismo ni gruta.

—¿No sería más fácil acercarnos y decidirlo allá? —sugirió la niña encogiéndose de hombros.

Jira la miró y asintió, lo mismo que Shiro, y los tres emprendieron la marcha. Termías se tardó, pero al final se transformó en escarabajo y se afianzó en el hombro de la sirvienta mientras se adentraban en las frías aguas del lago; marchando en silencio hacia la oscuridad que parecía brotar de la base del arco, como la densa sombra que se derramaba de una gruta en un día soleado. Salvo que esta emergía desde abajo, como espuma saliendo de una botella. Pronto se darían cuenta de que aquella «sombra», como la habían llamado, existía y era densa. Y que no surgía de una gruta, sino que brotaba del corazón negro de un abismo profundo que se abría paso justo a los pies del arco, por donde el agua del lago caía en cascada. Pero a los lados, alrededor de la estructura, el lago seguía igual y apacible; era como una puerta a otro mundo.

Iban a medio camino en el lago, y el arco se perfilaba todavía a una buena distancia, cuando el silencio que los acompañaba se vio roto por un único y pesado trueno en las alturas, que resonó seco y crudo como un estallido. De inmediato Shiro alzó la cabeza y desvió la mirada a las montañas que los rodeaban, y escudriñó las laderas y las cimas con repentina intranquilidad.

—¿Qué sucede? —preguntó Laura, pero el muchacho no respondió, y se limitó a apresurar el paso. En eso, un segundo trueno azotó con fuerza la hondonada, y de las laderas se desprendieron pequeñas rocas que rodaron repiqueteando hasta el fondo. Laura sintió entonces un escalofrío, y se fijó también en las montañas sin saber qué era lo que buscaba. De repente algo más ocurrió: la luz gélida y blanca de un rayo resplandeció apenas un instante, pero fue suficiente para que la niña pudiese notar el miedo pétreo en el rostro pálido de Shiro, como en una fotografía. Y después vino el sonido. Un estruendo pesado como un golpe en el pecho, que le dejó zumbando los oídos, y que apenas le permitió oír una palabra:

«Corran…»

—¡¿Qué sucede?! —preguntó de nuevo; sin embargo, la respuesta llegó de otra parte. De entre la risa cruel y contenida del demonio.

—La cierva está aquí… —dijo.

Y entonces todo encajó perfecto en la cabeza de la niña.

Laura se dio cuenta de que había olvidado una pieza clave en todo el rompecabezas. Una de las piezas más importantes: la Reina Ciervo, cuya furia e histeria pudo sentir en la piel cuando el siguiente trueno resonó violento en el cielo, y el agua de repente comenzó a bullir y espumar en la orilla del lago por donde habían llegado. Todos volvieron la vista atrás, y entonces la vieron: una figura espantosa y aterradora que apareció de pie en la distancia, con los cabellos negros revueltos y mojados entre las astas de hueso, y el cuerpo enjuto blanco… tan blanco y repulsivo que parecía el cadáver de un ahogado.

La mirada negra y maldita de la reina brilló en la distancia al tiempo que daba un paso adentrándose en el agua. De repente otro trueno restalló con estridencia, causándoles un sobresalto, y entonces la reina ya no estuvo más allí, y la orilla del lago quedó desierta, como la fugaz visión que se tiene de un fantasma.

Asustada, Laura dio un paso hacia atrás, y luego otro, y otro más, ensimismada en la orilla del lago y en la sombra que creía ver todavía de la Reina Ciervo, cuando se topó con Jira. Al volverse, notó que la sirvienta temblaba y se apretaba el cuello con una mano. Sus ojos, desorbitados, estaban fijos en la orilla del lago, y el horror brillaba trémulo en ellos.

—Jira… —masculló apenas la niña, pero entonces un zumbido agudo y una sombra llamaron su atención. Termías se había desprendido del hombro de Jira y vuelto a su forma real, y comenzaba a alejarse de ellos flotando, pero apenas con una breve carrera, Laura alcanzó a sujetarlo de un salto y lo tomó por las piernas.

—No irás a ningún lado —gruñó la niña— ¡Jira, ayúdame!

Pero la sirvienta no respondió. Estaba paralizada. Petrificada en aquel lugar.

Había visto ella aquel brillo endemoniado y asesino en los ojos de la reina. Había sentido la maldad y el odio recorriéndole la espalda, tan cercana que sintió le cortaba la carne. Había oído su nombre en el viento, como el anuncio de su destino, y olido el hedor de su propia sangre chorreando. Aquella era una maldición terrible, y había caído en su hechizo.

—Ella ya está perdida, niña. Su mente está en el limbo —dijo el demonio—. Tú no lo sentiste porque no eres de aquí. No sabes lo que ella vio… o quizá sí —y sus ojos amarillos se entornaron maliciosos—. Dime, ¿la viste? ¿Viste la sombra de la Reina Ciervo?

Laura frunció el ceño.

—Viste el reflejo de la reina en la orilla, ¿no es así? —continuó el demonio, intentando zafarse de la niña, y de repente su voz se tornó fina y ponzoñosa—. La viste… Tus ojos gritan de miedo y tu corazón late de prisa. Realmente pudiste verla. Quiere decir que ya eres parte de este mundo… Te diré algo: un forastero, mientras es forastero, no puede percibir la mayoría de cosas que ocurren aquí, y eso incluye hechizos como aquel. Como aquella sombra endemoniada que apareció fruto de su locura; una maldición muy antigua y poderosa. La reina está furiosa y desea vernos muertos a todos. Lo que viste fue apenas su sombra, ¡imagínate su odio!

—La vi, ¿y qué? Tengo tanto miedo como Jira pero no estoy petrificada… —espetó Laura, endureciendo la voz lo mejor que pudo.

Termías entornó los ojos.

—Entonces todavía hay una pequeña esperanza. Todavía tienes una gota de forastera en la sangre, aunque no me explico por qué. ¡¿Cómo te llamas?!

Laura estiró el mentón y guardó silencio.

En su mente, varios remolinos de imágenes y memorias giraban sin sentido ni forma, y se estrellaban entre sí causándole punzadas. Su nombre estaba por allí, en algún lugar, pero era demasiado confuso para buscarlo, y su preocupación por Jira era mayor. Entonces movió la cabeza con lentitud, y desvió la mirada.

Termías contuvo una risa y finalmente se liberó de la niña (que más bien lo dejó ir).

—Ella ya está perdida, y a ti te queda poco tiempo.

—¿Y qué hay de ti? Tú también viste a la reina, y no estás perdido en ningún limbo.

—¡No me confundas con un cualquiera! —estalló el demonio con rabia—. Yo soy el rey de mi tierra, y mis poderes me permiten soportar esa clase de hechizos. Por él no puedo decir lo mismo —añadió y señaló a Shiro con desdén—. Esa escoria es su hijo y está igual, muerto de miedo. No puede ni apartar la vista de la orilla.

Pero entonces Shiro volvió la mirada hacia ellos, y aunque parecía esforzarse por parecer tranquilo, un breve temblor lo delataba y reflejaba su impotencia; como si se contuviese por hacer algo.

—Me retracto, al menos eso sí puede hacer —y mientras decía eso, Termías dio media vuelta y se alejó de ellos rumbo al arco.

Laura negó con la cabeza, sin poder creer la actitud del demonio, y volvió la mirada a Shiro para buscar su ayuda. El joven la miró y estuvo a punto de decir algo, pero se contuvo, y de repente un trueno restalló con fuerza tomándolos por sorpresa.

Shiro vio la orilla en la distancia, y luego a la niña, y una vez más aquella expresión intranquila e impotente apareció en él. Se veía pálido y temeroso. Se palpó con la mano el pecho y presionó la piedra del río que colgaba en su cuello bajo la camisa, y entonces negó con la cabeza.

—Lo siento... —dijo—. No puedo ayudarlas —y echó a correr tras el demonio.

Atónita, Laura quedó paralizada. De piedra allí en medio del lago. Y su vista se mantuvo en él hasta que se vio diminuto en el horizonte y se llevó consigo las últimas esperanzas que albergaban. De pronto se le vino el mundo abajo, y no supo qué decir; ni tan siquiera supo qué pensar. Shiro estaba escapando; dejándolas abandonadas.

Por un instante creyó que se volvería. Que daría media vuelta. Que el demonio aparecería entre carcajadas socarronas. Que era todo parte de una broma de mal gusto...

Pero no, nada de eso sucedió, y se quedó sola en medio de la nada.

Y entonces una sensación densa creció en su interior.

No fue enojo ni cólera lo que sintió en ese momento. De repente lo que en su interior se formó fue algo más crudo y doloroso. Fue una sensación desolada, amarga y triste, que hizo que le temblaran los labios y se le enrojecieran los ojos.

¿Qué debía hacer?, se preguntó en ese momento.

Retrocedió y volvió la mirada a la orilla, en donde antes vio la sombra de la reina, y unas profundas ganas de llorar la invadieron. Estuvo a punto de volverse a ver a

Shiro y a Termías, y gritar para que volvieran, pero se contuvo y agachó la cabeza.

«Hay algo más que quiero decirte antes de marchar», recordó que le dijo el Shiro falso. «Cada uno de ellos tiene un anhelo diferente, y cada uno lo hará ver en su momento. Pesará, sí, pero al final la decisión será tuya. Y deberás pensar si harías tú lo mismo. El deseo de uno, debe ser el de todos. Sólo así las corrientes los dejarán llegar a su destino».

En ese momento no entendió lo que quiso decir con ello, pero ahora lo tenía un poco más claro. Cada uno de ellos: Shiro, Termías, Jira, y ella misma, tenía un deseo distinto. Shiro quería liberarse del yugo de la reina; Termías quería libertad para él y su gente; Jira, conservar su cabeza; y ella… ¿qué cosa quería ella? ¿Acaso volver a casa?

Cuando se hizo aquella pregunta, la respuesta no la satisfizo. No, no era lo que ella quería; al menos no del todo. Sintió en el pecho que había algo más, pero por más que hurgó en su mente no pudo recordarlo, y aquello la hizo sentir peor.

«¿Para qué estoy en este lugar?», se preguntó mil veces en ese instante. Y una tras otra, gotas grandes y redondas resbalaron por sus mejillas e hicieron ondas en el agua.

Su llanto comenzó despacio, pero luego ya no pudo contenerlo, y la voz herida de su corazón triste se esparció llevado por la brisa.

—Jira, ¿qué vamos a hacer…? —murmuró entre sollozos, aproximándose a ella.

Entonces otro trueno estalló en el cielo, e hizo que la niña diese un brinco. Se apretó contra el vientre de Jira y tembló aterrada. ¿Qué más podía hacer? ¿Correr como los otros? ¿Dejarla abandonada?

—Jira, ¿puedes oírme? —y se alejó un paso de ella para verla a los ojos—. Jira, ¿me oyes? —le sacudió el brazo. Primero suave, y luego más fuerte—. Despierta, vamos...

En eso un viento frío sopló desde lejos, trayendo consigo voces y murmullos.

Laura se puso de piedra. Creyó oír algo más atrás, en la orilla. Pudo jurar que fue el sonido agudo de varias pisadas apresuradas y luego agitación en el agua. Quiso volverse a ver, pero el miedo le ganaba.

Cerró los ojos, y entonces una idea la asaltó:

«Dejarla abandonada»

No podía, pero tenía miedo, y la reina estaba detrás de ellas. Tan cerca que casi podía sentirla rozando su cuello.

«*Lo siento...*», le dijo Shiro antes de correr.

«*Ella ya está perdida. Su mente está en el limbo*», le dijo el demonio.

De repente la niña agachó la cabeza y exhaló largamente. ¿Qué más podía hacer?

—Lo siento... —dijo con un hilo de voz—. Jira, lo siento.

Y echó a correr también, con los ojos llenos de lágrimas y el corazón hecho pedazos.

Estaba abandonando a una persona; dejándola con su destino fatal.

Corrió y corrió para tratar de ganarle a sus pensamientos, pero ellos fueron más veloces.

«¿Harías tú lo mismo?».

La pregunta de aquel Shiro le sobrevino de repente, y detuvo su carrera. Agitada, se enjugó los ojos y vio a lo lejos. Ya no alcanzó a distinguir a Shiro ni al demonio en la distancia.

«¿Harías lo mismo?», volvió a preguntarle Shiro en su mente. *«¿Lo harías?»*

Laura agachó la cabeza y apretó los dientes.

Y de pronto ya no pudo contenerse más, y gritó tan fuerte como pudo. Gritó hasta que la garganta le dolió y se quedó sin voz, y vomitó todo el revoltijo de emociones que tenía en el estómago. Al fin, inhaló largamente y negó despacio con la cabeza. Entonces dio media vuelta y volvió con la sirvienta.

«¿Harías tú lo mismo?»

—No… —dijo con la voz queda, y apretó los puños con fuerza.

Tenía miedo, sí, pero ahora sentía otra cosa más ardiéndole en el pecho. Sentía rabia. Estaba furiosa con ella misma por lo que había hecho. Furiosa por haber corrido. Por haberse atrevido a abandonarla. Furiosa por su cobardía.

Y entonces la furia le quemó por dentro y alejó el miedo.

Y de repente descubrió algo en su interior. Algo que tienen todas las mujeres, y que hace temblar al guerrero más bravo: La ira de una mujer buena; un fuego capaz incendiar un bosque entero, aunque provenga de una niña de trece años.

—Soy una idiota… —se dijo entre dientes, y los ojos le brillaron. Alzó la vista y vio a Jira, y de pronto le dio una cachetada, tan fuerte que la mano le ardió y se le puso colorada.

Jira, de pie allí con la mirada perdida, poco a poco fue cambiando de expresión. Su rostro desfigurado por el pánico se aflojó, y sus ojos comenzaron a entornarse. Frunció el ceño y presionó los dientes. ¡Y de repente su grito dolorido retumbó más fuerte que los truenos en el cielo! Se llevó las manos al rostro y se frotó con fuerza.

—¡Con un demonio y tres cuernos, niña! —estalló.

Pero antes de que pudiese decir algo más, Laura se abalanzó sobre ella y la abrazó con fuerza.

—Lo siento tanto, Jira —dijo entre lloriqueos.

Jira, desconcertada, la miró en su regazo y le palmeó levemente la cabeza.

—¿Qué es lo que ha pasado?

Laura se frotó los ojos y movió la cabeza.

—Te he pegado muy fuerte, pero fue lo único que se me ocurrió.

De súbito la sirvienta pareció recordar, porque miró alrededor y de nuevo comenzó a palidecer.

—La-La reina… —tartamudeó.

—¡Ni se te ocurra congelarte de nuevo! —gruñó la niña. La tomó del brazo y tiró de ella lo más rápido y fuerte que pudo— ¡Date prisa, debemos llegar al arco y a las corrientes!

—¿Dónde están Shiro y el demonio? —preguntó Jira entre jadeos.

Laura negó con la cabeza, también agitada y con el pelo alborotado.

—El arco ya está cerca, date prisa… —fue lo único que alcanzó a decir ante de que su voz se ahogase en el esbozo de un grito aterrado.

—Madre nuestra del arroyo… —musitó la sirvienta al ver lo mismo que ella—. Shiro…

El arco de piedra se recortaba cerca en el horizonte, y ya alcanzaban a oír el rumor del agua cayendo por la cascada, pero también había algo más: dos cuerpos flotando bocabajo en el lago. Uno grande, ataviado de blanco, y el otro más pequeño y de piel roja.

—Están… —balbuceó la niña.

Pero Jira se lanzó adelante hasta donde ellos y tiró de ambos cuerpos y los volvió bocarriba sobre el agua. No había herida ni sangre, pero en sus cuellos asomaban finas y largas marcas purpúreas; sus ojos estaban blancos y turbios, y sus bocas entreabiertas.

—Muertos —dijo la sirvienta, buscándoles la respiración y oyéndoles el pecho.

Desolada, alzó la vista hacia la niña que había quedado rezagada, y entonces un escalofrío le recorrió la espina. Los ojos se le agrandaron como bocas gritando, brillando aterrados. Y entonces estalló. Su chillido estruendoso surgió como una explosión larga y afilada que se extendió por todo el lago. Jira pareció a punto de vomitar. Pareció sufrir de espasmos; como que se ahogaba. Soltó el cuerpo de Shiro y se lanzó hacia atrás intentando inútilmente ponerse de pie, pero cayó una y otra vez enredada en su propia ropa.

Laura la vio desconcertada, sin entender lo que ocurría. Sin darse cuenta de que, a su espalda, irguiéndose como una serpiente sobre su presa, estaba la Reina Ciervo;

la verdadera. Su cuerpo pálido como un cadáver resplandecía bajo la maraña de cabello negro mojado; lleno de tierra, ramas y hojas.

—Corre… Corre… —gimoteó sin voz la muchacha, pero Laura no alcanzó a oírla, y no entendió lo que ocurría sino hasta que un escalofrío le sobrevino.

Al darse vuelta, una noche oscura cayó sobre ella, como la sombra macabra de una montaña. Los ojos de muerte de la reina se clavaron en los de ella y antes de que pudiese reaccionar, una mano fría se cerró alrededor de su cuello y la alzó por el aire con la fuerza de una bestia.

—Forastera inmunda… Desgraciada forastera.

La reina habló apenas conteniendo el veneno y el odio que la poseía.

Jira, más adelante, tembló sin control y se arrastró por el agua presa del pánico. Tratando de ponerse a salvo. Intentando huir de su destino.

No había nada que pudiese hacer, lo sabía. No tenía como ayudarla. Los poderes de la reina la despedazarían en el acto. Miró los cuerpos de Shiro y Termías, y tuvo otra arcada de miedo.

«¿Qué hago? ¿Qué hago?», se preguntó cien veces en ese instante, y en su mente la imagen de su cabeza atravesada con una lanza la hizo temblar todavía más.

Retrocedió sin notar lo que hacía, cuando de repente el sonido de la cascada llegó hasta sus oídos. Al volverse, vio que el arco estaba a poco menos de cincuenta pasos, y una pequeña esperanza surgió de pronto de allí, de en medio de las negras sombras que manaban del pozo. Inhaló despacio y profundo y volvió el rostro al frente. La niña apenas y podía sujetarse, y sus pies pataleaban en el aire con desesperación.

«¿Qué hago?», volvió a preguntarse.

«*La reina puede salvarte...*», creyó oír en su cabeza, y volvió a ver el arco, y de nuevo a la niña.

Finalmente apartó la mirada, inspiró hondo, y se puso de pie despacio; teniendo cuidado de no llamar la atención.

—Lo siento mucho... —dijo, y dio media vuelta para correr.

Sin embargo, no acabó de dar cinco pasos, cuando de súbito un viento huracanado sopló desde su izquierda, y todo el lago se estremeció y las montañas se cubrieron de un polvo fino.

Se cubrió el rostro con el brazo e intentó protegerse, pero aquel no era cualquier viento. Aquel era un viento distinto que nunca antes había sentido. Era un viento antiguo y poderoso, de aquellos que surcan el mundo por sus extremos más altos, y que sólo acarician las crestas de las montañas algunas pocas veces cada año. Y aquel viento le pertenecía a alguien igualmente formidable. A una clase de individuo muy sabio, y estaba siempre a su servicio: el Viejo Viento, quien se encontraba de pie como un espejismo del otro lado del lago, y nadie más que Jira pudo verlo.

—¿Te vas tan pronto, jovencita? —habló el viejo sin alzar la voz, y pese a la increíble distancia, Jira lo entendió a la perfección, como si apenas hablase a unos cuantos pasos de ella.

La sirvienta abrió la boca e intentó decir algo, pero las palabras no le salieron. «Se las habían llevado el viento», como dicen.

—Descuida, eso a veces sucede —continuó el anciano de mirada amable y barba cana—. Estoy aquí haciéndole un favor a un pequeño amigo; y ya con este sería el tercero que me debe. Estoy aquí, primero, para prevenirte que esa cascada no lleva a donde crees. Debes saber que este mundo es sabio, y sabe qué hacer con lo que debe ser desechado; por allí se va todo eso. Ten cuidado porque de allí no hay retorno. Y también estoy aquí porque deseo contarte una historia muy breve... o mejor dicho, para mostrarte algo que quizá no viste.

Y entonces otro viento sopló alrededor de la muchacha, y le pareció que todo se ponía más lento. Miró hacia todas partes y notó que la reina ya no estaba donde había estado antes, y la niña la miraba desde cierta distancia; aunque en realidad parecía que veía a Shiro, que pasó corriendo a su lado sin que la notara. Lo vio correr y alejarse rumbo al arco, y a la niña hablarle a otra persona que le daba la espalda. La vio sacudirle el brazo y luego que le dijo algo. Un trueno restalló en lo alto y hubo un estremecimiento en la orilla distante. Notó desesperación en la niña, y que le sacudió aún más el brazo a la otra persona.

Jira estiró el cuello y se movió unos pasos a su izquierda, y recién allí descubrió que se trataba de ella misma; que estaba paralizada, como petrificada presa del pánico.

Un escalofrío recorrió su espalda cuando entendió lo que ocurría, y vio el temor reflejado en el rostro de la niña.

Shiro y Termías las habían dejado, pero ella se había quedado a su lado.

Vio que la pequeña agachaba la cabeza, y notó, pese a la distancia, que lloraba. Luego de eso se hizo a un lado y comenzó a correr también, que la estaba dejando abandonada; sin embargo, un poco más adelante se detuvo, y gritó con mucha fuerza.

En ese momento sus miradas se cruzaron de nuevo, y lo que ocurrió luego de eso le punzó profundo en el pecho, y se sintió devastada y asqueada con ella misma: la niña volvió. Sacrificó su propia salvación por ayudarla. Cuando la vio dándole aquella cachetada, se llevó la mano a la mejilla y recordó el dolor que la había traído de regreso a la realidad; fuera de aquel oscuro pozo de sombras y fantasmas.

—Así que fue por eso… —se dijo la sirvienta al tiempo que el viento sopló de nuevo y todo volvió a la normalidad. Cuando desvió la mirada al lado, el Viejo Viento la miraba condescendiente y amable, y asintió con suavidad antes de desvanecerse entre las corrientes.

Jira suspiró y agachó la cabeza, y las ganas de llorar también llegaron a ella.

Inhaló profundo, y habló:

—Gracias… —dijo apretando los dientes, y trató de decir su nombre, pero no lo recordaba, así que la llamó por el último nombre que le vino a la memoria— Lora.

Y aquella llama que sólo tienen las mujeres se encendió por segunda vez aquella tarde, y ardió fundiendo las cadenas del miedo en su pecho, y quemó el bosque de confusión de su mente. El temor que antes hubo sentido se hizo a un lado, y los ojos le brillaron. Jira estaba furiosa.

La reina las mataría, aquello era seguro, pero no abandonaría a la niña. No sería una cobarde. ¿Pero qué podía hacer para salvarla?

En ese momento un leve brillo oscuro atrajo sus ojos, y descubrió algo pequeño que sobresalía en la camisa de Shiro: la piedra negra del río, la joya que tanto quería la Reina Ciervo. Se agachó hasta ella y la arrancó del cuello del muchacho, y sus ojos refulgieron con la luz mágica de la roca.

Los ojos de la reina se mantuvieron clavados en la niña como flechas, y observaron cómo poco a poco las fuerzas se le iban junto con sus últimos alientos. Disfrutaba ella enloquecida su venganza. No le importó asesinar a su hijo y al demonio torciendo sus cuellos. ¡Se habían atrevido a tomar su mayor tesoro!

Sus manos se fueron presionando más y más fuerte, y la niña dejó de moverse, pero entonces algo extraño ocurrió, y de repente una luz negra inundó el lugar y la distrajo. Los ojos de la mujer se agrandaron cuando descubrió a la sirvienta manoseando su preciada joya, y que la meció por el aire y la sacudió antes de echar a correr. La histeria volvió a bullir en la sangre de la reina. Arrojó a la niña a un lado y saltó como una fiera hacia la insolente.

Al caer, Laura se sumergió en el agua y comenzó a toser y a retorcerse, pero al final alzó la cabeza por sobre la superficie y dio profundas y desesperadas bocanadas de aire. Confundida y con los cabellos revueltos, vio a la reina corriendo de espaldas a ella y a Jira que intentaba escapar hacia la orilla.

—¡Corre, niña, corre! —gritó Jira.

Las vio alejarse por algunos instantes, cuando notó que la reina iba más rápido que la sirvienta, y supo que pronto la alcanzaría. Desesperada, miró alrededor pensando qué debía hacer, cuando un recuerdo le vino a la mente y tuvo una idea.

Del otro lado, Jira apretaba los dientes y corría sin estar segura de lo que hacía. La reina saltaba sobre el agua como un lobo tras su presa, y aullaba de rabia y conjuraba sin éxito sus más feroces maldiciones (pues en aquel lugar sus poderes eran limitados, y sus hechizos se volvían meros chispazos de poco efecto que eran atraídos por la oscuridad del pozo); sin embargo, aun así consiguió abalanzarse sobre la muchacha y tumbarla bajo el agua, lanzando fieros zarpazos y vociferando su odio asesino. La golpeó con brutalidad y la zarandeó intentando arrebatarle la joya, pero no la vio por ninguna parte (porque Jira se la había guardado entre la ropa). Estaba en eso, cuando una vocecilla fina la rodeó y le hizo volver la mirada.

—¡Por aquí, bruja tonta! —exclamó varias veces la niña mientras corría y se alejaba por la derecha. Ella sacudió la mano y le hizo ver que llevaba una pequeña piedra oscura que resplandeció con luz de noche, con auténtica magia natural.

Confundida, la Reina Ciervo vio a Jira y luego a la niña, y entonces descubrió que todo había sido un engaño. ¡La niña tenía la joya! Arrojó a la sirvienta como un trapo y se lanzó hacia Laura.

La niña apretó los dientes y corrió más aprisa, sujetando firmemente la pequeña piedra oscura que el Shiro falso le había dado. «*Guárdala hasta entonces*», le había dicho él, y ahora entendía el porqué. Aquella pequeña piedra se parecía mucho a la joya del río, y fue capaz de engañar a la reina y distraerla por al menos un rato. Pero sabía bien Laura que ella no tenía la verdadera, y que sólo aquel tesoro las libraría de un trágico final.

«El deseo de uno, debe ser el deseo de todos. Sólo así las corrientes los dejarán llegar a su destino», le dijo de repente Shiro en sus recuerdos.

Laura siguió corriendo lo más rápido que pudo, y no muy lejos vio el arco de piedra que se alzaba imponente frente a ella. Y vio la negrura en la cascada, y el agua que caía hacia lo profundo del olvido en una corriente infinita.

«*Las corrientes…*», había dicho el Shiro verdadero antes en la orilla, al ver el arco distante.

«Sólo así las corrientes los dejarán llegar a su destino» «El deseo de uno… El deseo de todos… A su destino»

Y entonces entendió lo que tenía que hacer.

Y creyó ver allí la salvación que necesitaban.

Apretó la piedra con fuerza y tomó una decisión: su deseo sería el mismo que el de Jira. Volvió la cabeza a su derecha, y vio a la muchacha más allá, arrodillada en el agua y con el rostro cubierto de sangre, y ella también la vio.

«*¿Qué pretendes…?*», pareció preguntarle con la mente.

Pero la niña sólo sonrió, y volvió el rostro a la cascada y a la sombra espesa que manaba de ella; pues estaba casi segura de lo que hacía.

Y allí Jira se dio cuenta de lo que pretendía.

«¡No, niña, no lo hagas! No lo entiendes. Ese no es el camino», intentó gritarle, pero no le surgieron las palabras, y apenas alcanzó a oír:

«¡Por aquí, bruja tonta, por aquí!»

Y se lanzó al vacío. Y la reina lo hizo tras ella.

A la oscuridad que de repente se abrió como una flor en primavera y las recibió con los brazos abiertos. El silencio se extendió largamente y el ruido del agua se acalló. Pero todo duró apenas un instante, porque cuando todo quedó quieto, algo más sucedió. La Reina Ciervo, ágil como serpiente, la tomó por el brazo en plena caída y se aferró a la roca blanca del arco. Colgaron un breve momento, y luego se alzó de vuelta, regresando a la orilla con apenas un tirón. La mujer retrocedió un paso, alzando a la niña por el brazo, y la miró de cerca con los ojos negros como carbones. No gruñó ni vociferó. Simplemente disfrutó su triunfo. Por poco pierde su tesoro en las sombras de la nada.

—Mereces algo peor que la muerte, forastera —y le punzó el pecho con un dedo firme. En eso, una sensación extraña y familiar le sobrevino a la niña, seguida de un escalofrío. De repente dejó de sentir la fuerza que la jalaba desde abajo, y su cuerpo comenzó a elevarse—. Mereces el olvido eterno, sin que nadie jamás te recuerde.

Laura, rechazada por la gravedad, intentó aferrarse con desesperación a la mano de la reina, pero ella apenas la sujetaba por la muñeca.

De cabeza, volvió a ver la cascada y las sombras macabras surgiendo de ella, y en eso sintió un escalofrío y le pareció que algo no había estado bien con su plan; el pozo de pronto se vio hostil, como las fauces de una bestia que se prepara para devorarla.

Antes, cuando corría, no pensó bien lo que podía pasarle al saltar en la cascada. Ignorante de la realidad, creyó que había unido bien las piezas y que, de alguna forma, si su deseo era el mismo que el de Jira, lograría llegar con la Reina del Arroyo; las corrientes la llevarían, y lo haría seguida por la malvada bruja (quién se habría lanzado tras ella, según su plan). Así Jira podría estar a salvo y buscar otro camino con la joya verdadera.

Pero aquello era distinto.

En aquel destino no había luz ni camino, ni mucho menos esperanza.

La bruja le sonrió con malicia, y Laura quedó helada. Le apretó la mano para hacerle soltar la piedra, y sintió su enorme fuerza estrujando sus dedos hasta que ya no pudo sostenerla. Cuando cayó, la reina la sujetó con la otra mano y la escudriñó de cerca, pero no pasó un instante para que se diera cuenta del engaño. Y si antes Laura había estado asustada, al ver en ese momento la expresión de la reina, sintió que se asfixiaba.

Pudo jurar la niña que la piel de la bruja palideció incluso más, y que sus cabellos negros sesearon como serpientes iracundas. En sus ojos negros carentes de luz, Laura se vio reflejada en la caída de un pozo profundo y lóbrego, y la visión de un infierno que ardía en el fondo le presionó el pecho. La reina estaba furiosa como nunca antes había estado.

—Engañada… forastera… —balbuceó entre dientes, temblando de rabia—. Engañada…

Estaba a un suspiro de estallar. De gritar y vociferar, y de conjurar el más feroz y mortífero de sus hechizos. Iba a destruir a la niña con toda la furia que la poseía.

«Jamás volverás a verla»

De repente la voz de Jira sonó muy cerca de ella, casi en su oído, y la reina agrandó los ojos y dio un respingo. La furia la había enceguecido y le había hecho olvidar lo cerca del abismo que se encontraba. Miró de soslayo el pozo negro y tuvo un escalofrío. Pero su reacción fue instantánea, y antes de que pudiesen hacerle algo, giró el cuerpo hacia atrás, rápido como un rayo, y lanzó un feroz zarpazo creyendo que la sirvienta estaba a punto de arrojarse sobre su espalda.

Pero Jira no estaba cerca. Todo lo contrario. La distancia entre ambas era de unos diez pasos, pero aun así su voz había sonado tan cercana y clara en sus oídos, que la reina miró confundida. «Cómo…», pareció preguntarse en el instante que una luz negra y misteriosa se extendió entre ellas. El brillo mágico de la joya del río se reflejó en los ojos negros de la bruja, y ella siguió su luz como alguien que observa una luciérnaga en la noche; flotando lenta por el aire cuando la sirvienta la arrojó hacia el arco y al olvido del pozo.

Todo sucedió muy rápido, pero a los ojos de Laura el tiempo casi se detuvo.

La reina intentó cogerla. Vio la joya pasar frente a sus ojos, pero su única mano libre estaba todavía lejos producto del azote al aire. Quiso tomarla con la otra mano, pero se le quedó trabada. Alzó la mirada y descubrió a la niña que la tomaba con fuerza. Entonces dio un manotazo y se liberó, y estiró el cuerpo todo lo que pudo para tomar la piedra, que ya caía hacia la nada.

Hay que decir que tanto Jira como Laura, que apenas se había logrado sujetar del arco, sintieron en ese segundo que ganaron, pues la reina pareció perder el equilibrio y ser tragada por la negrura del pozo en su desesperado intento por atrapar la joya; no obstante, y para horror de ambas, pudo mantener el equilibrio y volver a enderezarse, con la piedra entre sus dedos.

¿Qué ocurrió entonces?

La suerte (si así se le puede decir a la intromisión de un viejo errante). La suerte que ya antes les había sonreído volvió a hacerlo en ese momento; o, mejor dicho, volvió a soplar para ellas. Y de súbito un viento huracanado llegó desde lejos y su voz poderosa lo colmó todo. Fue el mismo viento que antes Jira había sentido, que llegó como una estampida y les dio aquella «ayuda» que tanto necesitaban.

La Reina Ciervo dejó escapar un grito de terror cuando el viento la golpeó y volvió a perder el equilibrio, y las fauces negras de la nada se abrieron hacia ella como un pez con la mosca. No pudo utilizar ninguno de sus hechizos para salvarse de esa, y lo último que vio Laura fue el brillo asustado de sus ojos antes de perderse en el abismo, junto con su preciada joya. Después de eso, el vacío se hizo más fuerte y ya no pudo sujetarse más; sus dedos se resbalaron del arco de piedra, y salió volando.

De súbito Laura se vio alejándose de todo: del arco, del lago, de las montañas, y de Jira. De todo lo que había hecho para salvarse de la locura de la reina. De la gente y de las cosas que había conocido.

Y el cielo se abrió de repente en lo más alto, y fue llevada hacia él por las corrientes del viento frío. Estaba asustada, muerta de miedo, pero no gritó por ayuda. Su vista se mantuvo en Jira todo lo que pudo, y le deseó suerte con la voz queda. Ya no habría nadie que la dañara. Su deseo se había cumplido.

—¡Adiós, Jira! —gritó la niña antes de desaparecer entre las nubes— ¡Adiós…!

Jira, desde abajo, gritó y gritó de muchas maneras. Gritó desesperada varios nombres y la llamó de muchas formas. Se golpeó la cabeza intentado recordar su nombre, al menos una última vez. Pero lo único que alcanzó a decir fue: «Adiós… Lora».

Y se quedó allí, impotente y con amargura. Con una creciente tristeza que le punzó el pecho.

La niña se había ido. Habían ganado. Habían derrotado a la Reina. Pero no fue suficiente, y al final también habían perdido. ¿Qué clase de victoria era esa?

«¿Qué es lo que más te duele?», preguntó en eso la voz paciente del viento en sus oídos.

Jira volvió despacio la mirada y vio al Viejo Viento del otro lado del lago, y su voz, como la vez anterior, llegó hasta ella con increíble claridad.

—¿Qué es lo que más te duele de todo esto, niña? —repitió el anciano, y sus ojos la vieron compasivos.

Jira tensó los labios. Aquella pregunta le punzó duro en el pecho.

—Qué estuve a punto de abandonarla —dijo bajando la cabeza—. Y que no pude pedirle perdón por eso, ni darle las gracias por lo que hizo.

—¿Sería decir que perdiste a una buena amiga?

A Jira se le hizo un nudo en la garganta, y asintió despacio.

«*Una buena amiga*».

Aquella frase se repitió en su cabeza muchas veces. Inhaló profundo intentando mantener la compostura, y entonces dio media vuelta y comenzó a caminar de regreso a casa.

—¿Te vas tan pronto? —le preguntó de nuevo el Viejo Viento, pero Jira no se detuvo sino hasta que sintió una mano suave posarse sobre su hombro.

—Ya no hay nada que pueda hacer. Se perdió para siempre.

—¿Ya no hay nada, dices? Querida niña, hay tantas cosas por hacer en este mundo que me la paso caminando todo el día y buena parte de la noche, y hoy no será diferente. Todavía tengo un par de intromisiones más en todo esto, y sigo haciéndole favores a mi pequeño amigo. Luego tendré que pensar en algo para que me los devuelva. Dime, ¿cuál era su camino hacia el palacio de la Dama del Arroyo, lo recuerdas?

La sirvienta se volvió despacio y miró al viejo, y no pudo evitar sentirse sobrecogida por su rostro curtido y la enorme calmada de su mirada.

—¿Cuál era nuestro camino?

El anciano asintió.

—Mis brisas me contaron que siempre hubo algo que repitieron durante todo su viaje; algo como una pista;

aunque me parece que no lo entendieron como se debe. Puede mal interpretarse. Viejos juegos de la Dama Sabia que muy poca gente conoce; y me atrevo a decir que la cierva tampoco lo hacía.

Jira frunció el ceño y lo miró largamente, preguntándose a qué se refería y por qué tenía esa sonrisa brillando en los ojos. Desvió la mirada y buscó la respuesta en su cabeza. Repasó las diversas etapas de su viaje desde que sacó a la niña del balde, y mientras lo hacía perdió la mirada en el agua del lago que fluía. Se recordó entonces navegando en la corteza del Sauce, y también en la habitación cuando descubrieron a Shiro encadenado.

Y así estuvo por un rato, sumida en sus pensamientos, cuando de repente una voz diminuta le habló al oído.

«Las corrientes...», le susurró una brisa impaciente, a lo que el viejo soltó un regaño.

Y entonces Jira se dio cuenta de que fue ello lo que todos habían repetido una y otra vez durante el viaje.

—Las corrientes —dijo con la voz queda—. Seguir las corrientes.

El anciano asintió y le sonrió.

—La Dama del Arroyo está para todos los que deseen verla, si saben cómo encontrarla y lo desean lo suficiente. Seguir las corrientes es el camino, y todos los caminos conducen a ella; o mejor dicho: «todas las corrientes».

—¿Qué quieres decir?

—Que tu pequeña amiga no está perdida en la nada, pues ella quería ver a la dama al igual que el resto de ustedes, y simplemente ahora sigue las corrientes.

Jira lo miró incrédula y observó el agua de nuevo. El Viejo Viento se percató de ello y le sonrió condescendiente.

—¿Cuándo el viento sopla en tu casa, cierras la ventana para que ocurra qué cosa?

—Ya no haya corriente… —respondió la muchacha sin pensarlo, y entonces dio un respingo—. ¡El viento es una corriente!

El anciano asintió y le guiñó un ojo.

—Dame tu mano, jovencita. Todavía me queda una intromisión más en todo este asunto. Por cierto, ¿te gustó hablar con mi voz?

Del otro lado del mundo, casi en los lindes del cielo, Laura se vio de pie en medio de la nada. Había ascendido durante largo tiempo cuando de pronto trastabilló, como si se tropezara con un escalón, y terminó de pie en una superficie que no alcanzaba a distinguir del todo; una especie de piso transparente hecho de viento y nubes ligeras que por momentos relucía con breves haces de luz de arcoíris. Temerosa, dio algunos pasos inseguros tanteándolo, pero nada ocurrió y el piso invisible se mantuvo firme, por lo que al poco tiempo logró reunir algo más de coraje para andar por allí. Sin ver otra cosa más que nubes a su alrededor y un enorme sol sobre su cabeza, caminó y caminó oyendo únicamente el eco de sus propios pasos y el murmullo del viento más abajo, hasta que pasó buen tiempo y el cansancio le acalambró las piernas, cuando a lo lejos divisó unas colinas asentadas sobre unas nubes densas. Se veían solitarias y grises como islotes en medio de la nada, pero decidió que lo mejor sería ir hacia allá y explorar un poco, y al alcanzarlas descubrió una vereda empedrada que ascendía por ellas y se detenía a los pies de unas rejas de oro. Cuando llegó ante ellas, estas se abrieron sin hacer ruido y le dejaron ver un bosque amplio y verde, y una senda que serpenteaba entre los árboles hasta perderse de vista del otro lado de una loma lejana.

Sin estar segura de adónde iba, recorrió el sendero por otro rato, hasta que llegó a un claro en donde un puente de piedra rodeado de flores se alzaba cruzando un arroyo. Allí, destacando entre muchos girasoles y dientes de león, había un pequeño Tulipán, blanco y dorado, con el tallo brillando de un hermoso y vívido verde. Al acercarse la niña, la flor meneó su cuerpo y dejó escapar una risilla.

—Te estábamos esperando, jovencita —dijo la flor.

—Tú… —murmuró la niña cuando se dio cuenta que era la misma flor que antes había visto en el lago—. Pero Shiro, él, te hizo pedazos.

—Nada se destruye en ese camino intermedio, pequeña niña —dijo de repente una voz familiar a su espalda—. Espero que recuerdes lo que te dije.

Laura, lejos de asustarse, se volvió con suavidad y descubrió a Shiro, al Shiro falso, a pocos pasos de ella. Ambos se vieron durante un largo momento, y no fue sino hasta que el joven le sonrió que Laura desvió la mirada, avergonzada y algo ruborizada.

—¿Y, cómo estuvo todo allá abajo? —preguntó entonces el joven.

—Complicado. Guardé la piedra que me diste, y me sirvió mucho, pero al final no hubo diferencia. Perdí el collar y me separé de Jira —respondió la niña, cabizbaja.

—Hubo una gran diferencia, aunque no te puedas percatar de ello todavía. No sólo salvaste una vida, sino que cambiaste muchas. Dime, ¿qué ocurrió cuando tomaste la piedra?

—¿La piedra?

—Sí, ¿de repente brilló con la luz de una noche clara?

La niña entornó los ojos, recordando, y asintió con suavidad.

—Sí… eso fue raro, porque era una simple piedra.

Shiro sonrió y dio unos pasos hacia el puente, y de la orilla del arroyo recogió una pequeña piedra. La sopesó y jugueteó con ella antes de mostrársela a la niña.

—Cualquier piedra, cualquier cosa de hecho, puede ser una joya valiosa. Todo depende del valor que le des. La joya del río, así como esta piedra, no era más que una piedra que encontré en el camino y me gustó; y a *ella* también —y de repente la piedra que tenía en la mano se encendió con luz mágica, y su brillo se extendió alrededor de ellos como el eco de una canción. Pero tan repentina como apareció, la luz se desvaneció en cuanto Shiro la arrojó lejos entre los árboles—. Tú quisiste que la piedra engañada a la Reina Ciervo, y por eso creíste en su belleza y le diste la magia necesaria.

La niña asintió pensativa, cuando algo le llegó a la mente.

—¿Te gustó…? —preguntó dubitativa, y dio un respingo cuando cayó en cuenta de todo—. Entonces tú…

Shiro arrugó la nariz, y sus ojos centellaron dorados como el oro.

—Presumo que ya lo sabías desde hace algún tiempo, o al menos lo sospechabas.

Laura dejó escapar un suspiro y torció una sonrisa.

—He visto tantas cosas en este mundo que ni se me había pasado por la cabeza, lo siento. Pero y si la joya del rio era sólo una piedra más y no tenía valor, ¿para qué fue todo el viaje?

—¿Qué te hace pensar que no valía nada? Recuerda: todo depende del valor que se le dé. Y esa piedra significó una serie de grandes cambios para los reinos, además de una esperanza de salvación para ustedes. Fue un camino para lograr objetivos que hace tiempo deseaba alcanzar, y que tenían que ver en gran medida con la maldad de mi hermana. ¿Crees que eso no valía nada?

La niña pensó en ello un momento, pero no se sintió del todo convencida.

—Es que no lo sé. Pasamos por muchas cosas, ¿por qué simplemente no nos ayudaste o nos lo dijiste? Al menos hubiese sido más sencillo saberlo desde el principio.

Shiro inhaló profundamente y asintió.

—Entiendo a lo que te refieres, pero hay leyes naturales que no puedo romper, pues son anteriores a mí; de los Reyes Viejos. Contrario a lo que se cree, no puedo intervenir directamente en cada reino, sólo influenciarlos. Por eso, cuando llegaste y te conocí, vi una esperanza, y se me ocurrió decirles lo del collar.

—Entonces al final no era necesario para llegar hasta aquí…

—Recuerda que el collar no era un camino, sino una razón. Mi reino y yo estamos para quien quiera venir, si sabe cómo encontrarnos y lo desea lo suficiente.

La niña asintió pensativa, y desvió la mirada hacia el tulipán a su lado. Entonces otra pregunta se le vino a la mente, sobre algo que todavía no le quedaba claro.

—¿Cómo fue que llegué hasta aquí?

El muchacho se encogió de hombros.

—Seguiste las corrientes.

—¿Cuáles?

—Siente eso que acaricia tu cuello cuando sudas.

—¿El viento?

—Tal como te dije, mi reino y yo estamos para quien desee vernos si sabe cómo encontrarnos. Y les dijeron muchas veces el camino: «Al final de las corrientes».

La niña agrandó los ojos, sorprendida.

—¡¿En serio?! Pero y si el viento es una corriente, pudimos llegar aquí desde el principio —dijo conteniendo sus crecientes ganas de gritar—. ¿Por qué no decírnoslo antes? ¡Pasamos muchísimos apuros! ¡La reina casi me mata! ¿Sólo debía dejarme expulsar por la gravedad?

Shiro torció una sonrisa.

—Quizá al principio eso no hubiese sido conveniente. Eso le pasó a tu amigo, pero nunca llegó conmigo porque no lo deseó lo suficiente. De cualquier manera lamento todo lo que pasaron, pero debía ser así. El collar era algo más que una joya, era un medio para alcanzar un objetivo que antes debían completar; aquello era lo más importante. No sólo salvaste una vida, sino que cambiaste muchas; recuerda eso. Y jamás les aparté los ojos de encima; aunque claro, allá en el lago demostraste mucho más coraje del que imaginaba poseías.

En un principio Laura sintió deseos de gritarle, de hacerle saber todas las penurias que habían pasado y del miedo que había sentido. ¡De darle incluso una cachetada! Sin embargo, inspiró profundo y meneó la cabeza para apaciguarse, pues sintió en el fondo que la razón de aquel Shiro tenía sentido y un gran valor; igual que antes con la flor.

—Espero algún día poder entender cuántas vidas cambiaron en todo esto —dijo al final.

Shiro le sonrió, y sus ojos centellaron dorados.

«Al menos cambiaste mi vida allá abajo, y eso cuenta», dijo de repente otra voz a sus espaldas.

La niña agrandó los ojos, sorprendida. Se dio vuelta de un salto, pero antes de que pudiese decir algo, Jira se abalanzó sobre ella y la abrazó con mucha fuerza.

Laura, desconcertada, no supo qué decir.

Había pensado mucho en Jira durante el tiempo que anduvo perdida por el cielo. En parte feliz, porque su vida ya no corría peligro, y en parte triste, porque no la volvería a ver. Lo último que esperó fue terminar en los dominios de la Reina del Arroyo, y lo último que se le ocurrió era que a pesar de todo, Jira encontraría la manera de alcanzarla; y aquello la puso muy feliz.

—Jira… —dijo la niña, y le devolvió el abrazo con más fuerza.

Y así estuvieron por un largo rato, en medio de las miradas del Shiro falso, las flores, el viento y los árboles; diciéndose más en aquel abrazo que con todas las palabras del mundo.

—Gracias por todo —dijo la sirvienta, más calmada, cuando por fin se separaron—. Cambiaste mi vida allá abajo. Mi cuello ya no peligra, y la Reina Ciervo se ha ido. Mi vida y las de las otras muchachas del castillo serán diferentes desde ahora. Y todo gracias a ti.

Laura sonrió.

—Cada una puso su parte, así que digamos que es un empate. ¡Y ya no llores! Me harás llorar de también.

La muchacha dejó escapar una risa y asintió inspirando profundamente para reponerse.

—Será un empate entonces.

La niña asintió y la ayudó a ponerse de pie, y entonces le preguntó algo que le mordía la curiosidad.

—¿Cómo fue que llegaste aquí? ¿Te metiste por el pozo?

Pero Jira negó con la cabeza.

—No, el pozo no era lo que pensábamos. Estuvimos en un grave error y por poco nos perdemos en algo peor que la nada. El Viejo Viento me lo advirtió. Intenté avisarte pero no me alcanzó el tiempo. Y cuando saltaste para que la reina te siguiera… —la muchacha tomó aire y movió la cabeza—. Llegué aquí gracias a él… —y se volvió para señalar algo, pero allí en el sendero no había nadie.

—¿Quién? —preguntó la niña buscando con la mirada.

Jira se encogió de hombros y le restó importancia.

—Ahora que estamos completos, me parece que es tiempo de que sigamos —intervino Shiro, adelantándose por el puente y haciéndoles un gesto para que lo siguieran.

Laura notó que Jira lo miraba con cierta extrañeza, y supuso su confusión. Pero antes de que pudiese decirle algo, la sirvienta habló con un tono duro y tajante.

—Tú eres el Shiro falso. Aquel que vimos en el escondite del palacio, y que nos dio la ruta para conseguir la joya. ¿Quién eres realmente y por qué nos mentiste?

De súbito Laura sintió que le caía un balde de agua helada, pues Jira sonó bastante más amenazadora de lo que hubiese deseado.

—¡No, no es lo que crees! —se apresuró en decir la niña, y tiró del hombro de Jira para decirle algo al oído. Y no acabó de contarle la verdad sobre aquel muchacho, cuando la sirvienta puso los ojos como platos, y comenzaron a temblarle los labios. De repente se irguió tensa y comenzó a tartamudear incoherencias.

Shiro apenas atinó a sonreírle, restándole importancia, pero la sirvienta siguió igual, a lo que Laura blanqueó los ojos.

—¿Tendré que darte otra cachetada? —amenazó la niña.

El muchacho dejó escapar una carcajada y Jira se puso toda colorada.

—Por aquí —dijo él, retomando la marcha.

Mientras lo seguían, Laura volvió a ver el Tulipán junto al puente y una curiosidad repentina despertó en ella

—Nada perece en aquel camino intermedio... —se dijo.

Y así siguieron por un largo sendero rumbo al corazón del bosque, serpenteando entre los árboles, oyendo el susurro del viento entre las copas y el sonido de un arroyo esquivo que no alcanzaban a encontrar (aunque varias veces lo tuvieron corriendo al lado). En el trayecto, Laura le contó a Jira casi todos los detalles que se había perdido. Desde su encuentro con el Shiro falso allá en el lago, antes de que todos los otros le dieran el alcance, hasta su caminata por el cielo; incluso le dijo cómo fue que llegó a la conclusión de que si se tiraba por el pozo y la bruja la seguía, Jira podría estar a salvo (lo que en parte era cierto, salvo que al final terminaría perdida en el *Bajomundo*, y no donde la Reina del Arroyo).

Cuando finalmente alcanzaron el corazón del bosque, casi una hora más tarde, dieron a parar a un claro custodiado por árboles altísimos de troncos tan anchos como casas. Allí, bajo su sombra, una plazuela de piedra blanca se abría paso. No había ningún trono a la vista, ni nada que les indicase que se hallaban en los dominios de la Reina del Arroyo. Nada aparte de un grupo de bancas de piedra, dispuestas en torno a una hoguera cuyo fuego cambiaba de color con cada chisporroteo de los leños, y el murmullo del arroyo del otro lado de una loma.

Sentados allí, estaban Shiro y Termías, y ambos les devolvieron la mirada con cierta aflicción.

Laura suspiró y los vio largamente. No estaba sorprendida de verlo allí; había sospechado eso cuando vio antes a la flor, y decidió que no podía culparlos ni guardarles rencor, y les sonrió a cada uno con amistosa sinceridad.

—Pero ustedes… —intervino Jira, confundida—. Les oí el corazón. No hubo latidos.

—Nada perece en aquel camino intermedio, Jira —dijo Laura.

Por supuesto Jira no entendió ni medio tomate de aquello; sin embargo, estiró el mentón y los vio con desconfianza, pero no dijo nada más sobre el tema. Ya más tarde tendría tiempo de preguntar qué significaba aquello.

—Creo que si hay alguien que te debe una disculpa mayor a la mía, son ellos dos —dijo Jira, pero Laura se adelantó y le dio un fuerte abrazo a cada uno.

—Todos tuvimos miedo, y si hay que ser sinceros, yo también pensé en escapar —dijo la niña—. No les guardo ningún enojo.

El muchacho la vio largamente y apretó los labios.

—Me siento como un engendro despreciable —dijo Shiro con la voz sombría—. Me comporté tal como mi madre y las dejé a su suerte. No merezco ningún perdón.

Pero la niña negó con la cabeza.

—Perdonar y no guardar enojo son dos cosas distintas. Pasará tiempo antes de que logre perdonarte del todo, a ambos —y desvió la mirada al demonio—, pero no les guardo ningún enojo.

—Y yo creí que empezaba a conocerte, niña —añadió Jira con suavidad.

—Quiero pedirte que hagas tú lo mismo, Jira. No les guardes ningún enojo.

La sirvienta dejó escapar una larga exhalación, como pensándolo un poco, pero al final asintió con suavidad.

De pronto un viento suave y dulce sopló entre los cuatro, y su murmullo relajante trajo consigo el sonido claro del arroyo cercano, fluyendo colina abajo. Laura no pudo evitar la picazón de la curiosidad, y desvió la mirada hacia el sonido. Casi podía olfatear el agua corriendo cerca entre las piedras y los árboles.

«Algún día serás una dama sabia, pequeña niña», dijo de repente una voz dulce y clara a sus espaldas. Una voz que nunca antes habían oído, y que les produjo un sobrecogimiento.

Era aquella la voz de la Reina, que ya no era más Shiro, sino una dama alta de tez parda, ojos de pradera y cabellos como la brisa en una noche cálida y despejada. Su rostro fino permaneció inexpresivo al ver a cada uno de ellos, y de repente en sus ojos centelló un brillo dorado.

Shiro se levantó y se puso de rodillas, lo mismo que Termías. Jira, por poco besa el suelo, pero Laura, ella hizo una venia respetuosa con la cabeza y le sonrió con franqueza.

—A pesar de que ha cambiado de forma, la sigo viendo como el muchacho que me ayudó tantas veces.

—Y deseo que así sea —concedió la Dama del Arroyo. Y dio un breve y elegante paseo hacia la hoguera en medio de la plazuela. Sus ojos se perdieron en el color rojizo de las llamas, y se mordió los labios cuando de repente el fuego cambió de color entre los chisporroteos. Aquella actitud llamó la atención de la niña, pues se parecía mucho a la que Shiro, el falso, había tenido mientras hablaba con ellas en la habitación del castillo; por momentos serio y sabio, y por otros, inocente y juguetón.

En eso la Reina alzó la vista y les dirigió una mirada.

—Vienen todos ustedes desde lejos, pero sus corazones traen consigo deseos que ya no quieren. Antes, buscaban una justicia que creyeron yo podía proveer, pero al final se descubrieron capaces de forjarla; aunque no haya sido lo que planearon. La joya del río está perdida en el abismo negro, y no hay nada que hacer por ella, ni tampoco por Aliarna, mi hermana.

—Esa era nuestra única esperanza, Reina Lora —dijo Shiro con el mentón pegado al pecho—. Sin ella, temo que no tenemos nada para ofrecerle a cambio.

—Soy fiel creyente de los favores, y me han hecho uno muy grande. En valor de lo que hicieron, y por alcanzar el objetivo, les concederé un único deseo. El deseo de uno, debe ser el de todos. Dime, Shiro, ¿qué es lo que tu corazón quiere?

El joven inhaló profundo y alzó un poco el rostro.

—Mis deseos fueron egoístas y por poco causo un grave daño. Quise mucho poder librarme del gobierno indolente de mi madre, y ser libre para andar por los senderos del mundo. Quería usar la joya del arroyo para pedirle que cumpliera ese deseo.

—¿Sigue siendo acaso necesario?

Shiro pareció reflexionar al respecto, y luego de un momento meneó la cabeza.

—Termiasteccoc —habló Reina de pronto, y su voz sonó como algo muy parecido a un regaño—, Rey del Mundo Alto, tenías un deseo y antes me lo hiciste saber; sin embargo, yo no soy quien debe decidir eso por completo. Respeto el acuerdo has pactado con Shiro, si con eso crees que basta. Dime, ¿tienes algún deseo?

El demonio guardó silencio un momento. Desvió la mirada hacia la niña, y Laura pudo jurar que, detrás de aquellos ojos amarillos, él la miró con pena. ¿Se arrepintió acaso de lo que hizo al dejarla abandonada? ¿Había visto el demonio lo que ocurrió desde el cielo? ¿O hablar con la Reina lo hizo darse cuenta? Aquello, desde luego, era algo que Laura jamás sabría.

En eso Termías negó con la cabeza. Ya no quería pedir nada.

—Mi voluntad ha sido cumplida, Dama Alta. Shiro, como nueva cabeza de su reino, permitirá a mi gente establecerse en paz. Nosotros a cambio compartiremos con ellos nuestros conocimientos sobre el Mundo Oculto y los rincones extraviados.

Entonces la Reina se volvió hacia Jira, y ella se puso rígida, y comenzaron a temblarle los labios.

—Según recuerdo, antes querías pedirme que tu Reina no te cortara la cabeza. Ahora pienso que deseas pedirme que te dé algo de coraje, para no quedar paralizada a cada momento, pero sería una... —la reina entornó los ojos y pensó su siguiente palabra— «bobada».

Laura no pudo evitar soltar una risilla al recordar que había hecho lo mismo allá en el lago, y antes en el palacio. Aquella búsqueda de la palabra «adecuada», que desde luego no tenía un pelo de rebuscada.

—Jira, tu cabeza está a salvo y tienes todo el coraje que una persona puede pedir, lo demostraste allá abajo cuando salvaste a la niña de la muerte. Quiero que recuerdes algo: Eres una mujer, y una muy fuerte. En ti yace la fortaleza de diez hombres y el espíritu de cien reyes. No debe existir nada en este mundo que te haga perder el habla.

Jira inhaló profundo y reflexionó en aquellas palabras. Recordó todo lo que habían pasado antes, y la cantidad de veces que su vida peligró. *«Eres una mujer, y una muy fuerte...».*

Y de repente algo surgió en ella. Aquel fuego que antes había hecho arder el miedo en su interior volvió a encenderse en llamas bravas. Finalmente esbozó una sonrisa agradecida y la tensión se alejó de ella.

—Gracias, Reina del Arroyo.

En eso, la dama posó los ojos en la niña, y ambas se vieron largamente.

—¿Qué deseas, pequeña niña?

Al oír aquella pregunta, Laura se sintió diminuta en un mundo de gigantes. De pronto se recordó en medio del lago, con la misma pregunta en la cabeza, y no supo qué decir. ¿Qué deseaba ella? ¿Para qué fue todo el viaje? ¿Apenas para volver a casa? ¿Para librarse de la Reina Ciervo y evitar perder la cabeza?

«¿Qué deseas, pequeña niña?».

La pregunta le dolió honda en la cabeza, y percibió algo extraño en su interior; una sensación vacía, como de que algo le faltaba.

—No tengo idea de lo que quiero… —dijo apenas con un hilo de voz.

—¿Volver a casa? —sugirió Jira, pero la niña negó con la cabeza.

—Sé que debo volver, pero no es lo que quiero. El deseo que regresar no… —cerró los ojos e intentó elegir sus palabras, pero entonces recordó una voz; la voz de su amigo perdido; de Jacco, y sintió una profunda pena—. Es sólo que no me siento bien. Todos tienen o tenían un deseo, o al menos algo como eso, pero no estamos completos. Nos falta Jacco.

—¿El papel? —preguntó Jira.

—Era parte del grupo, y me guio buena parte del camino. No puedo pedir o buscar un deseo si tengo esta molestia en el pecho. Él se quedó allá en el palacio y quizá le hicieron algo. ¡¿Cómo puede defenderse si es sólo un papel?! —y entonces, como una luz en la noche, una visión llegó hasta ella. Un fragmento de memoria pasada, de antes del arroyo. De cuando encontró a Jacco en el muelle—. Fue por él que inicié este viaje... —añadió con la voz distante—. Quise ayudar a Jacco. Pero ahora ya no está.

Pero en ese momento, un viento fresco y largo sopló alrededor de la plazuela, y las copas de los árboles sonaron como cascadas de agua clara.

«Me he entrometido tanto en todo esto que ya me duele hasta la espalda», dijo entonces una voz vieja y amable desde la derecha, interrumpiendo a la niña.

Al volverse, descubrieron allí de pie a un anciano de rostro curtido y mirada amable. Era el Viejo Viento, quien les dedicó una sonrisa cansina, y sin perder tiempo en presentaciones, rebuscó algo en sus bolsillos. Y entonces una vocecilla se oyó desde lo más profundo de sus ropas.

—¡Jacco! —exclamó Laura lanzándose hacia el papel que no dejaba de toser. Ella prácticamente se lo arrebató al anciano y lo estiró, le dio muchos besos, y lo abrazó fuerte contra su pecho.

—Descuida, jovencita —dijo el anciano, aunque Laura no le prestó mucha atención—. Estuvo conmigo desde el palacio, y jamás lo he dejado a su suerte.

—Te extrañé mucho —dijo Jacco cuando Laura lo miró con los ojos enrojecidos—. Estuve muy preocupado. Reuel me encontró allá donde la Reina Ciervo y me dijo que no temiera, que tenía sus vientos con ustedes. ¡Estoy tan feliz de que lo lograras! Quisiera brincar y llorar de la alegría. Te abrazaría si pudiera.

Laura no pudo evitar dejarse llevar por sus emociones, y un llanto suave se apoderó de ella.

—Oh, Jacco… —masculló en medio de sus sollozos, pero antes de que le pudiesen decir algo para consolarla, se volvió hacia la reina que los veía en silencio, y habló despacio—. Ya sé qué es lo que quiero.

La reina la observó un instante, y luego asintió con suavidad.

—Jacco —dijo la niña secándose el rostro—, la primera vez que nos vimos en el arroyo me pediste ayuda para volver a casa, y me contaste la historia de un viaje. Me hablaste de tu llegada a un mundo diferente. Me dijiste muchas cosas, pero también hubo otras que te guardaste. Y ahora me doy cuenta de lo que pasaste, de lo que sufriste, y también de lo que perdiste. Me dijiste que querías volver a casa y quise ayudarte. ¿Pero cómo podía hacerlo? ¿Cómo saber dónde se encontraba tu casa? Hay una respuesta en tu interior, Jacco, pero aunque te niegues a creerla, duele. Y lo sé porque me sucedía lo mismo. Poco a poco olvidaste todo, y te separaste de tu mundo hasta que ya no te quedó nada, y te volviste un papel en blanco.

Jacco la miró largamente, y una sombra cruzó su rostro.

—Duele saber que ya no me queda nada —dijo con la voz dolida—. Hace mucho que el tiempo me dejó atrás, y si alguna vez lo tuve, entonces lo perdí todo.

—Eso no es cierto… —comenzó a decir Laura.

—Pero me temo que lo es, buena niña —añadió la reina, y su voz suave atrajo la atención de todos—. Él perdió todos sus recuerdos y dejó de existir en su mundo. Cuando el tiempo de un lado te olvida, se sigue de largo y continúa su propio curso, y no hay nada que se pueda hacer al respecto. Si alguna vez hubo alguien allá para él, es probable que ya no exista.

—Entonces, ¿con ella también pasará lo mismo? —preguntó Jira.

Pero la reina guardó silencio.

—No lo creo —añadió el demonio—. Por alguna razón ella todavía mantiene algo de su mundo. Se aferra a su existencia como una araña de su hilo. Puede que en su lado el tiempo aún la esté esperando.

Laura suspiró y volvió la mirada al papel.

—¿Cuál es tu nombre? —preguntó de repente, y el papel la observó apagado y triste.

—Jacco…

Pero la niña sacudió la cabeza.

—Aquí aprendí el valor de un nombre, y de todo lo que se va con él cuando se pierde; todo lo que eres. Jacco fue el nombre que adoptaste cuando ya no te quedó nada, y eso es lo que quiero. Ya no quiero que estés perdido. Quiero que sepas lo que fuiste y de donde viniste, y que por fin te encuentres, y allí tu casa. Entonces ya no importará si el tiempo te ha dejado olvidado, porque al fin volverán contigo aquellos que te amaron y que te dieron alguna vez un nombre. Quiero que recuerdes.

—Pero niña, es el único deseo, si lo haces ¿cómo pretendes volver a casa? —intervino Jira.

—Recién ahora lo entiendo —se dijo la niña palpándose el brazo. Volvió la vista donde la reina y ambas se vieron un instante. Y puede que haya sido su imaginación, o la emoción del momento, pero la niña pudo jurar que la dama le guiñó el ojo.

—¿Cómo te llamas? —le preguntó de repente Jacco, pero Laura negó con la cabeza. Le sonrió y lo acercó hacia ella para hablarle en un susurro.

«Esa no es la pregunta, *Eren*»

En ese momento el dibujo en el papel agrandó los ojos y un escalofrío le sobrevino.

Los labios de tinta le comenzaron a temblar, y sus ojos se perdieron en visiones que de repente le llegaron desde lejos.

«Eren», pareció repetir el viento; llevando su nombre hasta lo más recóndito del mundo.

«Eren», masculló el papel; viéndose rodeado por un remolino de luz cálida que hizo a un lado la oscuridad en su cabeza, y que trajo consigo los recuerdos de su vida pasada. Pero el papel no parecía emocionado con las visiones, sino más bien presuroso. Parecía que luchaba por ver todas y cada una de sus memorias, tratando de encontrar una en especial. Una que siempre supo yacía escondida en alguna parte de su mente, y que jamás pudo volver a ver.

«¿Dónde están?», balbuceó con la mirada perdida. «Por favor...».

Y entonces la respuesta le fue concedida. Y allí las vio.

En un recuerdo viejo que estuvo mucho tiempo sepultado: la última visión de su madre y de su hermana, mirándolo desde lejos en el huerto de su casa. Y allí, para él, el tiempo se detuvo.

Extendió sus manos hasta ellas y las abrazó con fuerza. Con mucha fuerza. Y comenzó a sollozar, pues aunque lejos, pudo volver a tenerlas cerca.

Eran ellas, ambas, las que de pronto llenaron su pecho con una calidez extraviada. Y finalmente pudo recordar sus voces y sus nombres, y ya no pudo contenerse más y se quebró, y lloró.

Eren lloró y lloró, recordando durante largo rato.

El dolor de recordar a los que había perdido era grande, pero estaba feliz en medio de su agonía. Recordaba su propio nombre, el nombre que le puso su madre hacía tiempo.

Y entonces sintió una voz y desvió la mirada sobresaltado, creyendo que era real, pero pronto entendió que no lo era. En su última memoria, su madre lo llamaba como cada tarde desde la cancela, y él volvía corriendo por la arboleda junto con su hermana.

Y entonces se le quebró el alma cuando entendió que ella ya no estaba, que la había perdido, y un dolor le punzó en el pecho. Lo perdió todo aquella vez. La tarde que se encontró con el arroyo solitario. La tarde en que no se despidió, y que sólo dijo: «Volveré más tarde. Vuelve con mamá, Lina», pero nunca jamás lo hizo.

Pasó un tiempo más, antes de que cualquiera allí en la plazuela dijera algo.

—Recuerda por siempre tu verdadero nombre, y jamás vuelvas a perderlo —le dijo Laura. Estiró el brazo por encima de su manga y leyó de nuevo el nombre que tenía escrito allí con tinta oscura. La misma palabra que el Shiro falso le había escrito con la pequeña piedra del lago, antes de regalársela—, Eren.

El papel movió la boca e intentó decir algo, pero apenas dio un par de gimoteos.

—Creí que habías planeado devolverle su forma humana —dijo Jira.

—Ya no es más una hoja de papel en blanco —repuso la niña.

—Deseo que ahora todos me acompañen —dijo de repente la Reina del Arroyo, guiándolos por un camino que seguía entre los árboles y se perdía detrás de una loma—. Es tiempo de que esta historia termine.

Cuando llegaron del otro lado, los recibió un vasto jardín en medio de la arboleda, reluciendo cálido y dorado con el sol de un atardecer infinito. Allí había un pequeño muelle a la orilla del arroyo, y un bote atado.

—Pero creí que ya no le quedaba ningún deseo —le dijo Jira a la reina.

—Ella nunca pidió ninguno —repuso la dama alta del arroyo—. Sólo tuvo… —entornó los ojos y reflexionó un momento— «suerte».

Laura sonrió y volvió a verse el brazo pintado con el nombre del joven papel: «Eren».

Cuando el Shiro falso recién se lo escribió, no entendió aquella palabra; sin embargo, todo le quedó claro cuando recordó por qué estaba en ese mundo, y se reencontró con su amigo perdido. *Algo que se perdió hace tiempo*, le dijo aquella vez.

—Creo que es tiempo de despedirme —dijo Laura finalmente, y los vio a todos, y al papel que todavía llevaba en la mano—. Y no tengo idea de qué debo decirles.

—Podrías decirnos tu nombre —propuso Jira—. Usa entonces el deseo para eso.

La niña la vio un instante con picardía, y luego le guiñó el ojo. Se alzó la otra manga y reveló una palabra escrita con la misma tinta oscura de la roca del lago.

—Laura... —murmuró la sirvienta—. ¡Laura! ¡Lo sabía!

La niña agrandó una sonrisa y abrazó con fuerza a la muchacha.

—Creí que te lo habías borrado allá en el castillo —dijo Termías—, pequeña araña.

—Digamos que tuve... —Laura entornó los ojos, y reflexionó en su siguiente palabra— «suerte». Cuídense mucho —añadió con una sonrisa—. Prometo no olvidarlos.

—Laura... —dijo el papel de repente, un poco repuesto—. Pocas personas cumplen su promesa como tú lo has hecho, y sólo quiero agradecerte.

La niña lo miró largamente y al final lo abrazó con mucha fuerza.

—No hay nada que agradecer —le dijo—. Cuídate mucho, y no dejes que te lleve el viento.

Eren soltó un risa ligera y se ruborizó en tono gris.

—Quizá tenga alguna discrepancia con eso último, jovencita —añadió el Viejo Viento, del otro lado del arroyo; hablando con la voz tan clara que parecía estar junto a ellos—. Ocurre que ando en busca de un ayudante. He oído que mis brisas hacen travesuras cuando yo estoy en mi paseo del día y durante mi siesta de la tarde, y quisiera contar con los servicios de cierto individuo para que les echara un ojo cuando yo no puedo.

—Un individuo que además le debe muchísimos favores —dijo el papel con una sonrisa traviesa—. Estaré encantado de servirte, Reuel.

Laura asintió con suavidad, y antes de dejarlo ir con las brisas, le dio un gran beso.

—¿Podrías hacerme un último favor? —le preguntó el papel— ¿Podrías despedirme de alguien que quizá todavía me espere allá afuera, si es que la ves en tu camino? Se llama Lina, mi hermana. Cuando nos separamos sólo le dije que volvería pronto. Quisiera que sepa que estoy bien, y que también la extraño.

La niña asintió.

—Me aseguraré de encontrarla y de hacérselo saber.

—Bien pequeño amigo, debemos ponernos en marcha. Los Vientos Altos comienzan a soplar con fuerza y se ponen muy molestos si no estoy a tiempo —dijo el Viejo Viento—. Además todavía tengo varias cosas por enseñarte de una y otra parte del mundo.

Eren asintió y volvió a despedirse de la niña.

—Tengo una idea —dijo ella de repente, añadiendo algunos dobleces al papel. Y al cabo de unos segundos, lo lanzó al viento con la forma de un avión—. ¡Así volarás mejor!

El papel rio con fuerza y surcó el claro y la arboleda impulsado por las brisas.

—¡Gracias, Laura, gracias por todo! —exclamó volando cada vez más alto.

La niña les dio un último vistazo a todos antes de subir al barco.

—Ahora sí, quizá deberías utilizar el deseo —le sugirió la Dama del Arroyo—. ¿Desean todos lo mismo que ella?

Y los tres en el muelle asintieron despacio.

—Deseo volver a casa.

Y sin más, el agua del arroyo cobró repentina fuerza y empujó suavemente el barco; alejándolo del muelle. Laura se volvió y les echó un último vistazo a todos, cada vez más pequeños en la distancia. Alzó los brazos y gritó con fuerza: «¡Cuídense mucho! ¡Hasta pronto!». Luego de eso, el barco se internó en un túnel de árboles y todo se puso oscuro de repente. Esa vez no hubo cielo estrellado sobre su cabeza ni tampoco luz de hongos en las paredes; sólo el rumor del arroyo en la negrura, hasta que luego de una vuelta, una luz apareció a lo lejos. Allí, en el fondo, se abría paso su mundo. El mundo al que pertenecía.

Cuando llegó allí, el pequeño muelle solitario la esperaba. El mismo muelle donde antes había encontrado al papel que le pidió ayuda para volver a casa, pues una brisa traviesa lo había llevado lejos.

De pie en el borde de madera, una anciana la miraba con curiosidad. Laura también la vio con extrañeza y, cuando desembarcó junto a ella, sólo atinó a saludarla.

—Qué extraño regalo me trajo Lora esta vez —dijo la anciana.

La niña la miró confundida.

—¿Cómo dice?

Pero la mujer le sonrió y dio un golpecillo a un pequeño letrero de madera a su lado: «*El Arroyo de Lora*», decía.

—Debo decir que en todo el tiempo que vengo a mirar este arroyo, eres la primera que veo desembarcar, jovencita —le dijo—. Y por el brillo en tus ojos, pareciera que has vivido toda una aventura.

La niña asintió con suavidad.

—Una que trataré de escribir antes de olvidar.

La anciana la miró largamente, y sonrió.

—Dime, ¿has venido desde lejos?

—Se puede decir que sí, de muy lejos. Y jamás me creería si se lo contara.

—Quizá hayas conocido a mi hermano. Era un joven muy inquieto y travieso. Hace mucho se subió a un barco y no lo he vuelto a ver desde entonces.

Laura agrandó los ojos, sorprendida, y asintió despacio.

—Eren…

La anciana inhaló profundamente al oír aquel nombre y asintió con los ojos brillando de emoción.

—¿Cómo se encuentra?

—Él está bien. Ahora recuerda quien era y se acuerda mucho de usted. Es ayudante del viento y vuela por el mundo con la brisas. Es muy feliz. Lamenta no haber podido despedirse aquella tarde, y me pidió que se lo dijera. Que es a usted a quien más extraña en todo el mundo.

La anciana apretó los labios, y los ojos se le enrojecieron.

—Mi tonto Eren —se dijo frotando sus manos, conteniendo el llanto—. Mi tonto hermano.

En ese momento una voz lejana llegó hasta los oídos de la niña, y al reconocerla, su pecho se hinchó emocionado. Volvió la mirada y se fijó en el sendero que seguía más allá de la colina.

Era la voz de su madre, que la llamaba para comer.

—Quizá otro día puedas contarme la historia de tu viaje, si no te olvidas de ella —le dijo Lina.

La niña asintió. Bajó la mirada para leer una vez más el nombre escrito en su brazo, cuando descubrió que sus ropas habían cambiado, y habían vuelto a ser las mismas que llevaba antes del palacio y del balde, y los nombres escritos en su piel ya no estaban.

—¿Buscas algo? —le preguntó la anciana.

Pero la niña negó con suavidad.

—Quisiera contarle ahora la historia, si no le molesta. Puede que más tarde se me olvide.

La anciana le sonrió, y asintió.

Y así ambas marcharon por el sendero del bosque. Acompañadas por la historia de un arroyo, un castillo de madera, una Reina Ciervo, y una hoja de papel llevada por el viento.

La historia de un mundo distante, latiendo en el corazón del nuestro.

Fin.

Relato Segundo

Historia de Invierno

En el cielo las cosas pasan muy distinto a como ocurren en la tierra. Allá, alto entre las nubes, hay un lugar oculto de la vista conocido como Altomundo, en donde habitan seres muy parecidos a nosotros y que hasta cierto punto comparten la mayoría de costumbres y comportamientos humanos, pero que también poseen habilidades únicas y poderosas, cuya influencia vemos cada mañana al levantarnos, y al irnos a dormir por las noches; desde la lluvia y el viento, hasta el frío y el calor.

Me gustaría poder contarles las historias de todos ellos, pero no encontraría papel suficiente para hacerlo, ni tampoco el tiempo, por ello nos centraremos en una historia en especial, en la historia de un joven con temores y problemas; problemas sencillos tal vez a los ojos de unos, pero al fin y al cabo con un enorme sentido para él mismo; sobre todo, en el amor.

Cada mañana, Invierno tenía la costumbre de salir corriendo desde su casa y atravesar el sendero del bosque, al otro lado de la colina, hasta el parque en la arboleda, y allí esconderse debajo del manzano, un árbol que le guardaba las espaldas y le permitía observar a aquella persona por la que se levantaba temprano cada día y corría cual alma espantada por el diablo durante veinte minutos: Primavera, la muchacha que le robaba la mirada y el corazón; y aquella mañana no fue la excepción. Primavera lucía hermosa. Andaba ella por allí, en la vereda de los jardines, con el cabello dorado suelto al viento y los ojos de diamante destellando con cada haz de luz que Sol (un sujeto a quién Invierno detestaba por razones que no vienen al caso contar ahora) entre las nubes le mandaba. Alta y risueña, su piel parecía de leche y sus labios caramelos de manzana; era ella como una reina andando por sus campos, arrancando suspiros enamorados y promesas de amor eternas, y de quien Invierno pretendía ser esclavo hasta el fin de sus días.

—¿Qué estás esperando? Se te escapará si no te le acercas y le hablas pronto. He oído que Verano ya casi termina su trabajo y volverá dispuesto a conquistarla. Ya sabes cómo es ese sujeto, no cree en nadie; te la arrebatará —le dijo Otoñó, su amigo, que de costumbre le daba el alcance allí cuando no lo encontraba en casa.

—Ya lo voy a hacer. Esta vez sí lo voy a hacer, descuida —respondió el muchacho, empalideciendo incluso más de lo que ya era. La muchacha seguía caminando y hablaba entre risillas con sus amigas las Brisas—. Daría lo que fuera por saber de quién hablan… —suspiró.

—No creo que sea de ti.

—Eres detestable, ¿sabes? ¿No deberías estar cuidando tus aves?

—Estarán bien por un momento, además, hoy es tu gran día. Hace una semana que vienes diciendo que ya te sientes listo para ir y hablarle. No pienso moverme de aquí. Te daré el valor que necesitas para ir y conseguir a la mujer que amas.

—Sabes que eso no funciona. No hay nada que me dé más miedo que tenerte detrás dándome «valor».

—No te preocupes, pensé en un método distinto para hacerlo que no fallará y que garantizará el éxito de tu cometido: te pondré contra la espada y la pared.

—¿Qué?

—Cuando ella se acerque hacia acá, gritaré con todas mis fuerzas lo mucho que la amas y que quieres tener cien hijos con ella —de repente, Otoño pareció perversamente emocionado—. Entonces te avergonzarás tanto que jamás saldrás de tu casa de nuevo y ella y sus amigas y Verano y Sol y todos en Altomundo hablarán de ti y serás la burla del mundo. Entonces querrás morirte.

Invierno giró la cabeza y alzó una ceja.

—¿Quieres ayudarme o destruirme?

Otoño sonrió y sus mejillas regordetas se abultaron todavía más.

—El fin justifica los medios; eso es algo que dicen los humanos. Pero tranquilo, puedes hacer algo para evitarlo, y es ganándome la iniciativa. Tan solo hazlo por ti mismo y yo no haré más que darte mi aprobación de mejor amigo y aplaudir su amor eterno.

—¿Y si me rechaza?

Otoño bajó el mentón y una sombra cruzó su rostro.

—¿Mi plan te da opción para pensar en eso? Esto es ganar-ganar. ¿Qué es peor? ¿Una humillación pública permanente o una humillación no tan pública y por un rato?

El muchacho estuvo a punto de protestar, pero Otoño le hizo una señal para que viera que Primavera ya había alcanzado la curva en la vereda, por donde ellos estaban, a apenas unos veinte pasos.

—Camina ahora —le dijo dándole un empujón—. Ve directo hacia ella, ignora a sus amigas y mírala a los ojos.

Invierno avanzó dando algunos pasos flojos e irregulares, pero poco a poco fue tomando un ritmo de avance más decidido. Inhaló profundo e hinchó el pecho.

«¡Vamos, tú puedes Inverno, vamos!» «No eres un cobarde», pensó mientras avanzaba. «Vamos, sí se puede» «Es sólo una chica tonta; hermosa, divina, una reina… ¡pero tonta!» «Hemos entrenado para este momento desde hace semanas, tenemos las palabras exactas. No vamos a equivocarnos. Empezamos por una sonrisa; saludamos; decimos un chiste y la besamos… bueno quizá el beso para después».

Iba Invierno dando los últimos toques mentales a su estrategia de ataque (pues así la consideraba él), cuando un sonido curioso y musical llamó su atención, arrancándolo de su ensimismamiento: era una risa que se oyó a sus espaldas, suave y delicada, melodiosa y juvenil; la inconfundible voz de aquella persona a quien justamente se iba dirigiendo, salvo que ya no estaba frente a él.

«¿Dónde se ha metido?»

Sobresaltado, se dio media vuelta y entonces la vio. A varios metros ya de él, la muchacha daba brincos de alegría mientras un individuo fornido y alto, de cabellos rubios y mentón partido, le sonreía con sus dientes blancos como cubos de sal: Verano.

«¡¿Qué pasó?!»

Por muy tonto que parezca, o por muy absurdo que pueda resultar, fue el propio nerviosismo de Invierno el que le terminó por ganar. Apenas unos segundos antes iba sumido en sus pensamientos, y no se percató cuando llegó a estar al lado de Primavera; tan cerca de ella que pudo percibir su aroma de castañas, pero entonces, se siguió de largo sin darse cuenta de lo que hacía.

Tristemente, el mundo de Invierno se desplomó.

Sintió su propio cuerpo pesado y la garganta apretársele, como si alguien le presionara el cuello. Entonces un dolor en el pecho le sobrevino, como una punzada, y una sensación de desesperación se sembró en su interior. Primavera saltaba de alegría alrededor de otro sujeto, y ni siquiera notaba su existencia.

«Estoy aquí…», quiso decir el muchacho, devastado, como el ser más desdichado del mundo (y el más patético además).

«Todo el plan… Todo el tiempo», pensó.

—¿Qué pasó? —Otoño se acercó a su lado— Ibas tan bien...

—Yo… no… —la frustración en su voz era evidente. Las risillas de la muchacha le dolían tan profundo en el pecho que punzaban—. Él ni siquiera la merece —el joven respiró hondo y contuvo las ganas de llorar. Se dio media vuelta y se marchó atravesando los jardines, dejando atrás a su amigo sin decir nada más que un: «Quiero estar solo».

No pasó mucho tiempo, mientras atravesaba los jardines y salía de la arboleda por el sendero, que la fortaleza le flaqueó y al fin cedió a los sentimientos. Solo, en un camino rodeado de arbustos y árboles, las lágrimas rebalsaron sus ojos y cayeron por sus mejillas, e Invierno lloró como nunca creyó que haría, doblegado ante el poder que una mujer tiene para hacer sufrir a un hombre.

«Soy un imbécil…», se repitió una y otra vez hasta que le dolió la garganta y su dolor se transformó en un enojo profundo contra sí mismo.

Cric!

Iba por allí cuando un sonido entre los arbustos llamó su atención. Alguien se agazapaba al borde del sendero. Sintió deseos de asomarse para descubrir quién era, pero poco le importaban las cosas así en ese momento, así que siguió de largo, pero entonces una muchacha se asomó de repente y lo quedó mirando con una sonrisa. Se veía agitada y tenía manchas de tierra en el rostro.

—¿Te pasa algo? —preguntó Nieve, la muchacha de ojos grises y cabello azabache que acababa de aparecer de la nada.

Invierno negó con la cabeza y se dispuso a seguir su camino.

—Te conozco bien como para saber cuándo algo te molesta. Adelante, puedes contarme —la muchacha se adentró en el sendero y se aproximó hacia él.

—No es nada. Sólo quiero estar solo si no te importa.

—¿Primavera de nuevo?

En cuanto oyó ese nombre los ánimos se le volvieron a desplomar y el nudo en su garganta se apretó con mucha más fuerza.

—Cállate, ya te dije que estoy bien —dijo alzando un poco la voz—. Sigue con lo tuyo y déjame tranquilo, por favor.

—Lo lamento, no quería molestarte. Sólo quería ayudar.

—No lo necesito… —pero aquello era mentira e Invierno lo sabía perfectamente. En ese momento más que nunca necesitaba que alguien lo abrazara fuerte y entendiera su dolor.

Nieve asintió y pareció cabizbaja. Triste. Se detuvo y dejó que él siguiera andando solo, pero un par de pasos más adelante, el muchacho también se detuvo.

—En serio me siento mal, sabes… —dijo rompiendo en un llanto silente—. Me duele profundo aquí en el pecho y me siento estúpido. Y lo peor de todo es que no tiene sentido mi dolor. Ella nunca fue mía ni nada en mí para sentir lo que siento. ¿Pero cómo le digo a mi corazón que llora por una mentira?

—Lo que se siente nunca es una mentira. El sentimiento es real, así no sea correspondido.

Nieve se adelantó hasta quedar a su lado.

—Vamos, te acompañaré a casa —le dijo.

Ambos siguieron por el sendero, subiendo una colina y luego bajando por la pendiente del otro lado, oyendo el gorjeo de un ave entre los arbustos que los seguía por allí; hablando poco a poco al principio, y después más y más; escarbando profundo en el corazón del muchacho. Invierno le habló de sus sentimientos (todos relacionados con Primavera), y todo lo que ocurrió y lo que sintió luego de que la viera con Verano; y para sorpresa de él, Nieve escuchó con atención cada palabra que dijo, y al poco tiempo llegaron sus sonrisas; fugaces haces de luz que irradiaban de su rostro y alumbraban el corazón ensombrecido del muchacho, alejando de alguna forma mágica la tristeza que antes sintió. Al final, luego del relato y de todo, cuando llegaron a la orilla de una vereda empedrada, y sin que Invierno pudiese haberlo adivinado, ella lo abrazó con mucha fuerza y por increíble que pudiese haberle parecido, lo hizo sentir mejor.

—Lamento haberte hablado mal antes —dijo el muchacho—. Sólo querías ayudar y en serio lo has hecho.

Nieve sonrió.

A pesar de conocerla de mucho tiempo, Invierno nunca había visto en ella la luz que vio en ese momento. Un resplandor breve y mágico que lo hizo notar lo bella que era en verdad, más allá de lo físico, más allá de sus ojos y de su sonrisa: lo bello de su corazón.

—Lo pasaré por alto esta vez. Ahora ve y descansa. Duerme mucho todo lo que queda del día, eso ayuda bastante.

El muchacho sonrió también.

—¿Cómo sabes tanto de esto?

Ella se encogió de hombros.

—Aunque no lo creas, yo también tengo un corazón. Y también tengo un idiota que a veces me hace sentir lo mismo que tú sientes ahora, pero incluso así, estoy ahí para él.

—Es un completo idiota, tenlo por seguro.

Ella lo miró largamente y pareció querer decirle algo, pero se contuvo y sólo se sonrió.

—Lo es… —dijo a media voz—. Bueno, ve y descansa. Te veo después.

Invierno asintió y dio media vuelta, alejándose el último tramo él solo, dobló en la esquina y se dirigió a su casa, en donde cayó rendido ante el cansancio y el sueño.

No soñó nada aquella noche y sólo a la mañana siguiente, muy temprano y por el repiqueteo de algo que daba golpecillos contra su ventana, despertó.

—¿Qué ocurre? —se preguntó todavía adormecido, y abrió la ventana. En eso entró por ella un ave pequeña y regordeta, parecida a un Jilguero, pero más ancha. Marrón y roja, el ave enloquecida dio vueltas y silbó y trinó como queriendo decirle algo—. ¡Willwit, cierra el pico o traeré al gato!

De súbito el ave se detuvo en una repisa y lo quedó mirando.

—Traigo un mensaje importante, ¿así es como me tratas?

—La culpa la tienes tú por andar de atarantado. Habla pronto, ¿de qué se trata?

—Es de Otoño, tiene un nuevo plan para ti. Me envió para decírtelo, porque él no puede venir en este momento. Es que ya casi debe empezar su trabajo de la temporada y se está preparando. Mientras tanto, habrá unos días de calor abajo en la Tierra. Madre Naturaleza le dio permiso a Primavera para que calentara suavemente los días, ¡es tu oportunidad para conquistarla!

Invierno exhaló despacio y volvió la mirada al exterior por la ventana.

—Ya no sé si quiera hacerlo… —en su mente, Invierno recordó el brillo hermoso que vio antes en los ojos de Nieve y no pudo evitar sentir algo extraño en su interior, pero la voz chillona del ave lo trajo de vuelta a la realidad.

—¡Pero es hermosa como una ninfa! Única como el primer rayo de sol al alba; hasta yo me doy cuenta de su belleza. Otoño dijo que su plan no puede fallar y sólo tienes que hablar con Madre Naturaleza y todos tus deseos se harán realidad. ¿Tú la quieres, no es así?

El muchacho dudó un momento.

—Sí… supongo, pero ella quiere a Verano. Jamás se volverá a verme. Como Estaciones que somos, yo siempre estaré detrás de ella, y ella tras el otro.

—Eso es justamente lo que pensó Otoño. Él pensó que deberías ir a hablar con Madre y decirle que deseas cambiar de lugares. Que quieres cambiar de lugar con Verano y así ella tendrá los ojos en ti.

—¿Volverme Verano?

—No, torpe, no. ¡Cambiar de lugares! Adelantar tu estación. Estar tú en su sitio, frente a Primavera. Así ella te verá a ti y entonces te amará. No hay posibilidad de error.

—Eso es una locura, ni Maná ni Astia me dejarían jamás cambiar de lugares, y dudo que por eso Primavera se enamore de mí…

—Astia no tiene nada que ver. Maná es la que decide, y estos días anda de buen humor —interrumpió el ave—. Incluso ha bajado a la Tierra y se encuentra ahora visitando el Bosque Negro. Dile lo mucho que te gusta

Primavera y lo mucho que quieres estar con ella, entonces de seguro te dejará cambiar de lugar.

El joven meditó un momento en las palabras de Willwit. El plan de Otoño le resultaba descabellado e imposible por donde fuera que lo viera; una estupidez envuelta en boberías. «Jamás resultará», pensó, dispuesto a desistir, pero en ese preciso instante, el ave dijo algo que cambió toda sus perspectiva. Una frase tan utilizada en aquel mundo como en el nuestro, y que por generaciones ha sido la causante de que hombres y mujeres (más hombres, según parece, pues las mujeres son un tanto más sensatas) cometan las más grandes tonterías de su existencia:

«¿Tienes algo qué perder?»

Por más que pensó y reflexionó en el asunto, no encontró nada que pudiese perder. Su dignidad ya andaba por los suelos y más no podía descender.

—Pero Nieve… ayer ella…

—¡Olvídate de ella tonto! No vale la pena. Es Primavera la mujer de tu vida. La mujer que te roba los suspiros y que estremece tu alma.

—Bueno… supongo.

—¡Date prisa entonces! El puente de cristal está abierto y podrás descender a la tierra.

El ave saltó de la repisa y voló alrededor de la habitación. Le alborotó el cabello con las patitas y lo picoteó en el rostro para que se diera prisa, luego de ello salió zumbando por la ventana.

Con un poco más de decisión, y olvidándose por completo de Nieve, Invierno salió de casa, saltó las escaleras de la entrada y corrió por la vereda hacia la calle, siguiendo al pájaro. Golpeó un arbusto a su paso y un pequeño bulto cayó al suelo, pero él no lo notó con la prisa que llevaba. El bulto era pequeño y redondo, de color marrón y con manchas rojizas en el plumaje erizado. Era un ave inconsciente, como un Jilguero pero más gordo, extrañamente igual al ave que ahora el muchacho seguía calle abajo, Willwit.

—No te detengas, date prisa que no hay mucho tiempo —le dijo el ave cuando de pronto Invierno detuvo su carrera.

—Es que creí oír que alguien me llamaba… —dijo el muchacho viendo atrás en la distancia. Habían avanzado más allá del parque, y se encontraban ahora en la orilla de un acantilado profundo en cuyo fondo corrían grandes y tupidos nubarrones.

—Tonterías, date prisa. Debes aprovechar que Madre Naturaleza anda de buen humor para que conceda tu deseo.

Entonces llegaron hasta un puente levadizo hecho de cristal, ancho y macizo, y a sus lados había dos grandes cadenas de oro ancladas a un arco de roca blanca; y que terminaba abruptamente en un precipicio de nubes.

Desde allí Invierno vio la abismal caída y cerró los ojos. Dio un paso al frente y luego sintió el vacío. Cayó y cayó durante mucho tiempo, primero rápido, como un rayo que entre las nubes, pero después su descenso se volvió más lento y bamboleado, como el de un copo de nieve. Y finalmente sus pies tocaron un suelo de tierra fértil, y vio grandes árboles recortados en un horizonte neblinoso y grisáceo. Había llegado a los lindes del Bosque Negro, donde se suponía estaba Madre Naturaleza.

—Ella está por allá, entre los Robles grandes —le dijo Willwit cuando le dio el alcance.

Invierno asintió y subió la colina, dirigiéndose a un grupo de árboles especialmente grandes y robustos. Un viento frío y misterioso murmuró entre las copas más altas, y todo el bosque pareció estremecerse con su repentina aparición. La voz del bosque se esparció pronto por todos los rincones, y no pasó mucho tiempo para que todas las criaturas vivientes y no vivientes, grandes y pequeñas, se enterasen de que una de las Estaciones había descendido desde lo alto del cielo.

—Allí… —gorjeó el ave.

El muchacho también la vio. Sentada a los pies de un gran Roble, se encontraba una dama de tez parda y ojos tan verdes como pastizales en una mañana clara.

Ella lo miró largamente y le hizo un gesto para que se acercara a su lado.

El muchacho se acercó despacio, sin poder ocultar el temor que sentía, el cual no era para menos. Madre Naturaleza, o Maná, como le llamaban algunos, era una dama temperamental y de carácter severo, perteneciente a una raza tan antigua que apenas y se recuerda como parte de una leyenda que es casi toda fantasía. Ella era conocida entre los del Altomundo por cambiar constantemente de humor, siendo capaz de crear hermosos paisajes en sus momentos dulces y destruirlos todos con una tempestad en sus momentos de furia.

Y hasta ese momento, esperaba Invierno, parecía estar en uno de esos momentos dulces.

—Presiento que deseas algo para haber venido hasta aquí —dijo ella con la voz más solemne que Invierno alguna vez hubo escuchado.

—¿Cómo lo sabe? —el muchacho pareció desconcertado.

Pera ella no respondió. Lo miró largamente, como hablándole a través de sus ojos verdes para que se diera cuenta de la estupidez que le estaba preguntando.

«¡Es Madre Naturaleza, tonto!», pensó.

—Bueno… yo —balbuceó el joven. Exhaló y tomó bastante aire. No tenía idea de cómo decirle lo que pretendía—. Madre, hay algo que deseo pedirte. Algo muy importante para mí.

—¿Y de qué se trata?

—Verás… —de repente se puso colorado—, estoy muy enamorado de Primavera y, por más que intento e intento hacer que me mire, ella sólo tiene ojos para Verano. Y estuve pensando que, quizá, ella podría empezar a verme si me sitúo frente a ella. ¿Podrías concederme ese deseo?

—Invierno, no comprendo lo que dices, ¿deseas situarte frente a ella?

—Sí, bueno, lo que deseo es que me permitas cambiar de lugar con Verano. Déjame colocarme en su puesto de Estación para que así Primavera tenga sus ojos en mí. De esa forma estoy seguro que se olvidará de Verano y comenzará a notarme.

La mujer alzó el mentón, como reflexionando en las palabras del muchacho y lo que le pedía. Lo miró condescendiente un instante y luego, sin más, sonrió.

Una chispa de esperanza estalló en el corazón del joven.

—No, no puedo hacer eso, Invierno —dijo ella finalmente, endureciendo su semblante.

Las esperanzas en el muchacho se desplomaron.

—El cambio que acarrearía en el mundo sería tremendo y devastador —continuó la mujer—. Es egoísta de tu parte pensar en algo como eso. Indigno para alguien de tu clase. No vuelvas jamás a pedirme algo así o en serio te castigaré. Si Primavera no te ve es porque eres opuesto a ella, ¿no te das cuenta? ¡Cuando en la existencia del mundo la primavera y el invierno se han llevado! Son totalmente incompatibles, muchacho, deja de ser un tonto.

Las palabras de la mujer resonaron fuertes en su cabeza, duras como látigos al azote. Un nudo se apretó en su garganta y de repente sintió que perdía toda esperanza. Que sus sueños se desmoronaban y que todo en lo que creía se venía abajo. Perdió cualquier gana de hablar. Asintió despacio y derrotado dio media vuelta, para volver por donde había venido.

Willwit ya no estaba por allí cuando llegó a la base de la colina.

Siguió de frente sin darse cuenta de hacia dónde iba, cada vez más lejos y profundo en el bosque, hasta que sintió una voz lejana y misteriosa que el viento llevó hasta sus oídos. Parecía llamar su nombre. Fue allí, cuando vio a su alrededor, que se dio cuenta que estaba perdido.

Los árboles, grandes y altos, y sus ramas tupidas y gruesas, cubrían casi todo; y el cielo neblinosos no dejaba que viera el sol en lo más alto. Hacía frío y se percibía una sensación sobrecogedora. Confundido, Invierno giró sobre sí, tratando de encontrar la salida de aquel lugar, cuando el rostro de una mujer anciana apareció frente a sus ojos y lo hizo saltar hacia atrás. No supo cómo había alcanzado aquella laguna de aguas plateadas y brillantes, pero allí estaba, y justo en la orilla, una mujer de cabello blanco y rostro arrugado lo miraba apacible.

—¿Pero qué hace aquí en mi bosque una de las mejores Estaciones que pueda existir? —dijo, y de repente sus ojos verdes brillaron.

Invierno la miró confundido.

«¿Sabe quién soy?»

—Disculpe, me perdí…

—Pierde cuidado, es fácil extraviarse en estos bosques. Los árboles son mañosos y les gusta jugar bromas. Mira, por allí está la salida —la mujer alzó un brazo y de repente la bruma y los árboles se despejaron y un pasaje apareció. Al fondo brillaba la luz y se veía el exterior—. Puedes seguir por allí si gustas, cuando gustes. Estoy a tu servicio.

El muchacho se dispuso a tomar el sendero, cuando se detuvo y perdió la mirada en el agua calma del lago.

—¿Ocurre algo? —preguntó la mujer— Te ves algo decaído. ¿Defraudado, quizá?

Invierno inhaló largamente.

—No sé si quiero volver en este momento. Al menos aquí perdido puedo dejar atrás la vergüenza que llevo en el interior.

La anciana avanzó despacio hacia él y en sus ojos resplandeció un brillo misterioso.

—Mis años de conocer el mundo y los corazones me han dado cierta magia única, mi buen Invierno, y es fácil decir que lo que a ti te aqueja se encuentra ligado a otra persona… a una mujer, tal vez. ¡Un amor no correspondido! ¿No es así? —la mujer posó sus manos en sus mejillas y lo miró a los ojos— Deja que vea por un momento y que sean tus ojos quienes me cuenten tu historia…

Por unos largos e incómodos segundos, ambos se miraron en silencio, hasta que la anciana asintió y retrocedió unos pasos.

—Ya veo, es ella una mujer muy hermosa. Se entiende bien porqué pierdes la cabeza por ella. ¡Primavera es una joya única!

—Única e inalcanzable...

—En cierto modo lo es —la anciana asintió y se giró para dejarlo ver el lago—, y en cierto modo, no. Tu único error, mi buen muchacho, es que has hecho todo lo que no debías hacer con ella. Me bastó ver en tus ojos para darme cuenta de que a esa muchacha no se le conquista de esa manera. ¡Ni mucho menos pidiéndole a Maná que te haga cambiar de lugar! No, no, no, Primavera gusta de irradiar su calor tibio y reconfortante a los demás; adora abrigar a los humanos y a todos a los que tiene bajo su velo. Jamás te verá como alguien a quien abrigar si antes no desciendes a la Tierra con un corazón «humano».

—¿Humano?

La mujer asintió.

—Ella, mi buen muchacho, es una mujer intrigante. En estos momentos, por ejemplo, corre cerca de aquí calentando el mundo. Y al parecer hay un joven humano que se acaba de cruzar en su camino y ella está danzando para él, contenta. No me extrañaría que se enamorase de él si deja pasar el tiempo un poco más.

Invierno la miró extrañado.

«¿Cómo sabe todo eso?», se preguntó.

Ella sonrió apacible y guardó silencio, como si la expresión confundida en el rostro del joven fuese suficiente para darse cuenta de lo que pensaba. Y la propia expresión de ella decía algo como: «¿En serio te preguntas eso?»

—Lo sé porque mi bosque me lo ha dicho, ¿no oyes acaso la voz del viento? Ella anda cerca de aquí, con ese humano; pero descuida, me encargaré de que una ardilla lo muerda y lo ahuyente. Por ahora, concéntrate en ti y en lo que harás. ¿Quieres ganarte su corazón?

—Sí quiero… —respondió el joven sin pensarlo.

—Yo puedo ayudarte si gustas, es muy sencillo arreglar tu problema.

—¿Puedes hacerlo? ¿Hacer que ella me ame?

—No puedo obligar a que lo haga, nadie puede, pero sí puedo hacer que te rodee con sus brazos de calor y luego tú deberás conseguir su amor, ¿no te gustaría?

—¿Y cómo lo harás?

—Volviéndote humano por un breve periodo.

El joven la miró incrédulo y retrocedió un paso. Algo en la idea de la anciana no lo convencía del todo. «¿Volverme humano por un tiempo?». Algo dentro de él le decía que era una mala idea, pero entonces, y antes de que pudiese negarse, ella alzó de nuevo su brazo y abrió otro pasaje entre los árboles, y de pronto invierno vio que no tan lejos de ellos danzaba Primavera, hermosa y fresca como siempre, alrededor de un hombre que la miraba embobado, pero en ese momento apareció un ardilla rabiosa y lo hizo correr chillando y mordisqueándolo; y la muchacha se quedó allí sola, atontada.

—Allí está ella, ¿quieres que te ayude? —dijo la mujer con voz cómplice. Y un brillo taimado apareció en sus ojos verdes y misteriosos, que Invierno no alcanzó a notar.

El muchacho la vio a lo lejos, tan distante, pero al mismo tiempo a su alcance.

«Puedo hacerlo… Puedes hacerlo, Invierno», pensó.

Y entonces, y cómo un pacto irrompible sellado con sangre, asintió con la cabeza.

La anciana sonrió y de repente asintió ella también.

—Con tu aceptación, mi buen Invierno, tomo por consumada tu petición —le dio un golpecito en el pecho con las yemas de sus dedos y una luz brotó del corazón palpitante del muchacho. La espora luminosa y clara flotó por el aire un instante y luego se introdujo en el pecho de la anciana, quien se estremeció y blanqueó los ojos, llena de una energía renovada y poderosa, la fuerza misma de las Estaciones: la esencia de Invierno.

Invierno, sintiendo un cosquilleo en la nuca, volvió la mirada hacia el pasaje y notó que Primavera ya no estaba allí, que había desaparecido. Dio unos pasos hacia el sendero para salir en su busca, pero el mundo a su alrededor se ensombreció de repente y se puso todo difuso. Trastabilló, débil y sin aire, tembloroso y maltrecho, y se desplomó al suelo. Apenas pudo ver a la anciana de pie a pocos pasos de él, y notó que un ave pequeña y regordeta color marrón y rojo, bajó volando de entre los árboles y se aproximó hacia ellos.

—Willwit, ayúdame… —susurró el joven, apenas respirando. En ese momento, el ave se posó en el hombro de la vieja y graznó con fuerza desgarradora al tiempo que se transformaba en un cuervo grande y negro.

El joven y la anciana se miraron un instante, y para sorpresa de él, ella cambió también de forma y se convirtió en Madre Naturaleza, pero pronto volvió a su forma original de anciana bruja.

—Fue muy fácil engañarlo —dijo el ave con voz aguda y punzante—. Tan solo tuve que oír toda su ridícula historia con su amiga en el bosque, y el plan salió perfecto. Sabía que haría cualquier estupidez.

—Es fácil engañar a cualquier enamorado, no te sientas mal mi buen Invierno, es sólo que necesitaba aquello que tú tenías dentro: tu esencia de Estación y la llave de entrada al Altomundo —ella avanzó hasta él y acarició su mejilla—. Tengo tus poderes ahora y me los diste voluntariamente, soy el nuevo Invierno y ni Maná ni Astia se darán cuenta de cuando ascienda. Ahora me vengaré de mi exilio y sumiré la Tierra en un frío eterno.

La anciana se puso de pie y pasó a su lado, y se dirigió al sendero que había abierto antes; alejándose en silencio. Mientras iba, el paso de arbustos se cerró de nuevo a sus espaldas y los árboles cubrieron todo hasta que no quedó nada más que un silencio pesado.

Invierno, débil y apenas respirando, gimoteó sin poder moverse. Impotente y con la desesperación apretando su garganta.

Todo el bosque a su alrededor se vio entonces lóbrego y triste, gris, con una niebla rasante y espesa que cubría el suelo. Su corazón cada vez latía más débil y su respiración se entorpecía.

Fue sintiendo un sueño pesado que tiraba de él hacia las profundidades de un abismo negro. Pero entonces, se despertó sobresaltado y vio sombras largas crecer hacia él como espectros de muerte; brotando como raíces desde los árboles, y oyó voces macabras que hablaban en lenguas extrañas, voces que parecían llamarlo, que le decían que dejase de luchar.

Poco a poco comenzó a temblar, presa del miedo, y sus labios intentaron pronunciar palabras de auxilio. Clamó en silencio por alguien que lo salvara, pero las sombras a su alrededor lamían su cuerpo como hienas infernales.

«Por favor, no quiero morir», rogaba en voz silente.

Y poco a poco, presa del terror, comenzó a llorar.

Allí yacía, cuando una sensación extraña y cálida lo abrigó, primero despacio y distante y después más vívida y corpórea, y poco a poco fue volviendo a su cuerpo algo de sus fuerzas perdidas. Entonces su corazón bombeó fuerte un par de veces y respiró una vez más, y de pronto el bosque mismo pareció encenderse con el resplandor de una luz hermosa que echó para atrás todas las sombras diabólicas y el terror, y sintió que tiraban de él y lo tendían bocarriba. No pudo ver bien, pero sintió que alguien se tendía sobre su pecho para oír su corazón, y luego oyó un gimoteo débil y estremecedor: alguien lloraba.

El muchacho no entendió cómo, pero supo quién era esa persona sin siquiera haberla visto. Había algo en ella que hizo latir su corazón con fuerza. Una sensación cálida y reconfortante que lo abrigó y lo llenó de energía, y que lo hizo desear quedarse allí tendido para siempre, a su lado.

—Nieve —musitó él, débil.

Ella lo miró y sus ojos grises, llorosos, brillaron con ternura y pena.

—¿Invierno, por qué, por qué hiciste eso? ¿Por qué nos traicionaste? La bruja, ella…

El muchacho no supo qué decir y sólo atinó a negar con la cabeza con semblante culpable.

—Madre Naturaleza no sabe qué hacer, la bruja se encerró en el edificio con su magia y se metió en la Habitación. Lanzó a Otoño fuera y adelantó la temporada. El mundo se enfría con rapidez. Trajo de vuelta a las Heladas y ahora están a su servicio y destruyen la Tierra. Yo tuve que esconderme porque pretendía usarme a mí también.

El rostro del muchacho se ensombreció al oír aquello.

«¿Cuánto mal he causado?», se preguntó.

Había caído como un idiota en el juego de la anciana. Su deseo infame de lograr alcanzar a Primavera nubló su juicio y desencadenó en un problema mucho peor.

—¿Cuánto hace que ha ocurrido?

—Un día. Es lo que me llevó escapar y descender aquí para encontrarte. Cuando te vi aquí tendido, por un momento pensé que… que habías… —los ojos de la joven se enrojecieron y sus labios se tensaron— muerto —su voz se quebró mientras agachaba la cabeza y sollozaba.

A Invierno aquello le partió el corazón.

—No llores, por favor, no llores. Lo último que quiero es saber que te hago daño a ti también. No merezco ninguna de tus lágrimas. Por favor, detente, te lo ruego.

Nieve inhaló profundo y asintió despacio, cesando su llanto. Se secó el rostro con las mangas y lo vio de nuevo. El joven se veía pálido y demacrado.

—Oh, mi Invierno… —musitó desconsolada.

—Pudiste encontrarme tú sola, a pesar de que estaba perdido en medio del bosque y nadie sabía a donde me había ido, ¿cómo lo hiciste?

Ella lo miró largamente y de pronto una suave sonrisa apareció en su rostro. La dulzura de sus labios rojos sobre su piel de leche hizo que el muchacho se estremeciera, perdiendo la mirada en ellos.

—Es porque tú eres Invierno y yo Nieve, y sin ti yo no estaría aquí. De alguna forma estamos conectados —sus mejillas se enrojecieron al decir esto último.

—Nuestro vínculo de existencia —dijo el muchacho—. Pero tú seguirás fuerte incluso sin mí, eres libre de seguir adelante; de seguir al próximo Invierno si así lo deseas.

Pero ella negó con la cabeza y sus mejillas se enrojecieron todavía más.

—Sólo hay una persona para mí. Una persona por la que corro como loca muy temprano cada mañana; sólo para verlo de lejos ocultarse entre unos arbustos mientras observa a otra persona; deseando con todo mi corazón que fuese a mí a quien viese. Sólo por él correría el camino de vuelta una y mil veces, para esconderme junto al camino y esperar que pase sufriendo con el alma por los suelos, y estar allí para él con la única intensión de que sonría de nuevo, así él jamás se dé cuenta de que existo y de lo que siento.

«¿Qué tan imbécil puedo ser?», volvió a preguntarse Invierno, sintiendo que la garganta se le apretaba en un nudo duro y doloroso.

Y entonces no aguantó. Apretó los labios y poco a poco comenzó a llorar.

—Tienes un idiota que te hace daño —dijo sin poder contenerse—. Que te hace sufrir lo mismo que yo sufría, pero aun así estás ahí para él, ¿por qué? ¿Por qué lo haces?

Nieve bajó la mirada y el colorado de sus mejillas se encendió como una rosa.

—Porque es mi Invierno y yo, aunque no lo quiera el muy idiota, su Nieve.

—¿Lo amas? —y la pregunta de Invierno pareció fluir y crecer con el viento alrededor de ambos.

La muchacha ya no pudo contenerse y de sus ojos resbalaron lágrimas de cristal.

Entonces asintió con suavidad.

—¿Qué tan imbécil puedo ser?

Ella dejó escapar una risilla entre los gimoteos y se encogió de hombros.

—¿Lo suficiente?

—Gracias por encontrarme —dijo él, tomando su mano y apretándola sin la menor intención de dejarla ir. Perdió la mirada en sus brillantes ojos grises y quiso besarla con todas sus fuerzas, pero ya no le quedaba ninguna fuerza en el cuerpo, y no podía moverse. Pero entonces, y por aquella magia fugaz que surge en el amor, ella se inclinó hacia él e hizo sus sueños realidad. El beso tibio, allí en medio del bosque helado, pareció detener el tiempo y echar lejos a la muerte; él allí, tumbado bocarriba medio moribundo, y ella hermosa, compartiéndole su vida.

Cuando ella retrocedió ambos habían dejado de llorar, y ahora se sonreían con los ojos brillando enamorados.

—Debes volver al Altomundo y recuperar tu Estación, no permitas que la bruja se salga con la suya.

—¿Cómo haré eso? Siento que me has dado fuerzas renovadas pero no creo que sean suficientes para ponerme de pie y volver a las puertas. Soy mortal ahora y como tal, estoy muriendo.

Ella negó con decisión.

—No morirás este día. Quiero que tengas esto —ella posó su propia mano en su pecho y de allí emergió una espora de luz similar a la que había surgido antes del pecho del muchacho. En eso la luz flotó por el aire y se introdujo en el cuerpo del joven.

Invierno dio una gran bocanada de aire al tiempo que recuperaba las energías y la vida. Se sentó de un brinco y la vio a los ojos. Nieve lo miraba en silencio, cómo diciéndole todo lo que sentía por él apenas con la mirada.

—Te doy mi propia esencia para que recuperes la tuya. Para que puedas volver —dijo ella.

—Ahora te debo hasta mi vida.

—Ve antes de que sea tarde; adelántate y asciende pronto, yo te veo allá arriba después.

—¿Estarás bien?

—No me subestimes, tonto —sonrió ella—. Ve, date prisa. Sólo necesito recobrar el aliento.

Él asintió y se puso de pie. Dio media vuelta para marcharse, dejándola allí sentada, pero entonces se volvió de nuevo hacia ella, se arrodilló a su lado y le dio un beso firme en la frente, y sus ojos volvieron a unirse en una mirada que detuvo el tiempo. Al final, le dio un último beso y salió resoplando a toda prisa por el segundo sendero que había hecho la anciana.

Invierno corrió hasta desaparecer de la vista y luego, cuando llegó a un claro, dio un salto tan rotundo y fuerte que el impulso lo elevó muy alto en el cielo, hasta que pronto sobrepasó las nubes y llegó al puente de cristal y cadenas de oro, y de allí abrió las puertas al Altomundo y corrió colina arriba, viendo un cielo ensombrecido y tormentoso en la distancia.

Nieve, en el bosque, se sonrió, pálida y con el rostro desfallecido, y exhaló despacio mientras se recostaba en el pasto y cerraba los ojos; intentando mantener sus pensamientos en el muchacho y en el beso que se dieron; palpando con las yemas sus labios todavía tibios; intentado no perderse en la oscuridad que se aproximaba hacia ella furtiva y gélida.

«Estoy aquí contigo, pase lo que pase», murmuró.

Cuando Invierno al fin alcanzó el parque y las arboledas, nada era como podía recordar. Todo allí había cambiado, volviéndose oscuro y desolado. Un viento gélido soplaba y azotaba los árboles con fuerza, arrancando sus hojas y rociando de escarcha blanca los jardines. No había nadie alrededor. Corrió entonces hacia las colinas, hacia el Oeste, en donde las nubes se agolpaban en negros y torvos nubarrones que rugían como fieras. Recorrió un sendero que por allí serpenteaba y fue ascendiendo hasta la cima, y desde allí vio, recortado al horizonte, un viejo edificio grande y alto, hecho de roca blanca con un gran domo dorado. A su alrededor, como centinelas, cuatro torres se veían solitarias.

Cerca del edificio, en una pequeña plazuela algunos metros más atrás, se encontraban la gran mayoría de habitantes de Altomundo, quienes por orden de Madre Naturaleza, acudieron para contener la maldad de la hechicera e intentar detener su creciente poder.

Al ver llegar al muchacho presuroso por el camino, todos se volvieron a verlo; todos con el mismo rostro de enojo y repudio. Todos preguntándose por qué lo había hecho; por qué los había traicionado.

Madre Naturaleza, la verdadera, apenas y desvió la mirada.

Invierno, temblando de pies a cabeza y con un nudo muy duro en la garganta, fue donde ella.

—Si planeas hacer algo, que sea de una vez —la tensión y severidad en las palabras de Maná dejaron al muchacho sin aliento y sin saber qué decir.

—Solamente deseo disculparme. Lo que hice estuvo mal. Lo que pasó… ella… la bruja; esa maldita bruja; ella me engañó y me utilizó.

A invierno, la repentina tensión en el semblante de Madre Naturaleza, le pareció que le faltaba apenas una pequeña brisa para que estallase y lo destruyese con una tempestad fulminante; y bien merecido se lo tendría.

—¿Te engañó, dices? ¿Te utilizó? —dijo ella sin siquiera volver la mirada— Sabes bien, Invierno, que esa no es la razón. Tú mismo te engañaste y te hiciste creer en sus palabras. El supuesto amor ciego que tenías no hizo más que nublar tu juicio. Quisiste creer que volviéndote humano serías capaz de hacer que Primavera te mirase. ¿Y a qué costo? Le diste más poder a la bruja del que ya tenía. Ni siquiera yo puedo echarla estando encerrada allí. Se las ha arreglado para cambiar las leyes naturales de la Habitación y ha puesto un conjuro en el edificio; el invierno podría durar por siempre. ¿Y te atreves a decir todavía que te engañó?

Por un suspiro de tiempo, Invierno se preguntó cómo pudo ella haber sabido qué fue lo que sucedió en el bosque, pero pronto dejó ir el pensamiento, pues sospechaba que si se atrevía a preguntar, Maná perdería el hilo de paciencia que le quedaba con él.

«Los árboles debieron contarle», pensó.

—Sigo esperando que me digas qué planeas hacer.

El muchacho dio un respingo, desarmado y temeroso de su propia vida, pero entonces una sombra cruzó su rostro y negó despacio con la cabeza.

—La verdad, no tengo idea… —murmuró.

La gente que lo miraba alrededor dejó escapar un rumor enojado, y el cuchicheo fue creciendo hasta hacerse evidente: «*Pedazo de idiota. Bueno para nada. ¿Por qué Maná no lo destruye de una buena vez? No sirve de nada un invierno como él. ¡Miren lo que ha causado! Es el fin de los días en la Tierra y Altomundo*».

Aquellas palabras que el viento se encargó de llevar una a una a los oídos del muchacho, calaron profundo en su mente y su corazón, y lo hicieron sentir como la peor desgracia que jamás hubiese existido en el mundo. Como una escoria. Lo hicieron desear estar muerto y que todo el mal que había causado desapareciese junto con él. Que allí acabase su tormento. Que Nieve nunca hubiese salvado su vida…

«Nieve», recordó entonces.

Y de repente la sonrisa hermosa de la muchacha apareció en sus recuerdos, vívida y cálida. Y sintió cómo reconfortaba su alma sollozante, echando para atrás toda la pesadumbre que recaía sobre él. Dándole fuerza a la distancia.

«Estoy aquí contigo, pase lo que pase», sintió que le dijo la voz dulce de la joven.

Aquello fue todo lo que él necesitaba. Aquellas palabras de aliento.

Entonces presionó los labios y alzó la cabeza para ver a todos y cada uno de los presentes.

Y su voz resonó alta y clara, y acalló todos los murmullos.

—Sí, soy un completo imbécil y un idiota también, y merezco todos y cada uno de sus insultos, y todas y cada una de las muertes que ahora mismo me desean —dirigió la mirada a todos los que lo rodeaban: Verano, Sol, Viento, Nubes, Primavera, y muchos otros más; incluso al propio Otoño, que no decía nada en contra de su amigo, pero que tampoco tenía el valor para ir a defenderlo—. Y tampoco tengo idea de cómo puedo remediar mi error y qué debo hacer para arreglar problema en que los he metido. Les pido perdón a todos, pero no lo sé. Muero de miedo por dentro. Tengo miedo y no sólo de la bruja, sino también de mí mismo; de mi propia estupidez. Tengo miedo de no ser capaz de arreglar las cosas, y de hacer alguna otra tontería que complique más la situación. Y por sobre todo, tengo miedo de defraudar a la única persona que me considera valioso en todo el mundo. A la única persona que estuvo a mi lado todo el tiempo y por la que estoy aquí ahora. Tuve que sentir la muerte tocando mi pecho para darme cuenta de que estaba a punto de perderla… —sus ojos se posaron en los ojos de Primavera, y por primera vez, los de ella también se fijaron en él. Y su voz se tornó en un susurro—. Me costaste tanto por absolutamente nada. Te hubiese dado mi vida, y aun así no te habría significado suficiente —volvió la vista a los demás—. No tengo idea de qué hacer y en serio les pido perdón por lo que he causado. Iré ahora a encarar a la bruja y haré todo lo pueda, sólo espero no morir en el intento.

Invierno dio media vuelta y dirigió la mirada al edifico de paredes blancas. Entonces emprendió la marcha decidida por la vereda en dirección a las puertas de roble dorado, ignorando las voces de la multitud que dejaba atrás.

—¡Espera, Invierno! —exclamó Otoño, dándole el alcance a medio camino— ¿Qué planeas hacer? Todo el edificio tiene un hechizo sellado desde adentro. Nadie puede entrar mientras esté activo. Vi cuando la bruja lo conjuró poco antes de echarme fuera… —de repente, el rostro regordete de Otoño se vio sorprendido ante una idea que le acababa de llegar a la mente— ¡Eso es! ¡Cómo no me di cuenta antes! ¡Ya estaba el hechizo puesto cuando la bruja me lanzó fuera por la ventana, pude sentirlo!

Invierno lo vio sin entender nada de lo que decía.

—¡Quiere decir que los seres de adentro pueden salir! Es decir, que podrías lograr que la bruja salga o abrir una brecha. Estoy seguro que los poderes de Maná serán suficientes para contrarrestarla si logra llegar a ella y evita el hechizo en el edificio.

—Pero Maná dijo que no logró evitar que ella ingresara en el edificio.

—Maná y los otros se dieron cuenta tarde de su presencia, es más, no se dio cuenta sino hasta que fui corriendo a decirle. Ella creyó que era tú. La bruja entró en el edificio porque yo había permitido que el invierno, mi amigo, es decir tú, entrase si quería; de otra forma las leyes naturales se lo hubiesen impedido.

—¿Y si no logro hacerlo? ¿Y si no logro hacerla salir?

Otoño torció la sonrisa.

—Bueno, no es un plan perfecto…

—Como todos tus planes. Aunque creo que ese al que seguí no era Willwit.

—No, Nieve lo encontró inconsciente cerca de tu casa y lo llevó conmigo justo a tiempo. Él está bien, sólo algo débil. Al que seguiste era al cuervo de la bruja. Él sí logró escabullirse en el Altomundo y arreglárselas para cambiar de forma.

—¿Y por qué la bruja no lo hizo también?

—No lo sé, se supone que ni el cuervo debería haber podido entrar. Quizá utilizó algún hechizo para lograr hacerlo pasar las puertas y, cómo era pequeño, Maná no lo detectó.

Invierno asintió y prosiguió su camino, pero entonces se detuvo.

—¿Me harías un favor? ¿Podrías descender al bosque y ver si Nieve ya está más descansada? Gracias a ella estoy aquí, pero creo que se agotó bastante.

—¿Nieve te ayudó a volver?

—Me dio su esencia, así que técnicamente ahora también soy Nieve. Creo que con eso bastará para que pueda entrar en el recinto. Soy parte del invierno, espero que sea suficiente.

Otoño lo vio largamente, como intrigado, pero al final asintió.

—Descuida, iré por ella.

—Gracias —entonces el muchacho dio media vuelta y siguió su camino hacia el edificio, dejando a Otoño allí, atrás en la vereda.

Cuando llegó ante las altas puertas de roble claro, permaneció allí un momento, en silencio y sin que nada ocurriera. En otro tiempo, cuando era su turno de ingresar en el recinto, las puertas se abrían con su sola presencia; ahora, sin embargo, permanecían cerradas.

«¿Qué debo hacer?», se preguntó alzando la vista y fijándose en la aldaba dorada que colgaba de ella.

—Este edificio tiene un hechizo protegido por las leyes naturales, si no eres parte de la estación, no podrás acceder y tu vida se extinguirá apenas toques la superficie de la madera —dijo una voz a su derecha.

Al volverse, Invierno vio a una anciana ataviada de negro que caminaba hacia él, encorvada y ayudada de un bastón mucho más alto que ella.

—Astia… —balbuceó el muchacho cuando la mujer se acercó. Él nunca la había visto en persona, aunque sí había oído de ella y no le resultó difícil reconocerla; su sola presencia lo hizo sentir insignificante.

Aquella mujer era Astia, Protectora de la Habitación y Encargada por orden los Padres Antiguos que se cumplieran las leyes naturales en todo el mundo terrestre y el Altomundo. Decían los rumores que era ella incluso anterior a la propia Madre Naturaleza y que sus manos moldearon buena parte de las formas en la Tierra, antes de la Primera Creación, desde las montañas y los océanos hasta los cielos y las nubes.

—¿Pretendes entrar, muchacho?

Invierno asintió, sin poder ocultar su sorpresa.

—Déjame advertirte que aquella que se encuentra en el interior es inmensamente poderosa, incluso más ahora que está sentada en el trono, ¿deseas aun así arriesgarte?

El muchacho inhaló profundamente.

—No es muy alentador, pero no tengo otra alternativa, debo enmendar mi error.

La anciana asintió con pesar. Extendió la mano y le hizo un gesto para que siguiera adelante y tocase la puerta.

«Prueba tu suerte», pareció decirle.

Invierno tomó aire y volvió la vista a la gran aldaba dorada, cuyo brillo relucía bajo la luz fría de los relámpagos en el cielo. La puerta entera pareció de repente más grande y sobrecogedora, encorvándose sobre él como a punto de aplastarlo. Volvió a tomar aire, con la mano extendida a centímetros de la superficie. Entonces cerró los ojos y los presionó fuerte. Contuvo la respiración y antes de que pudiese retractarse, se echó para adelante. Pudo sentir un cosquilleo frío en la palma de su mano. Sus yemas parecieron arder con el contacto metálico, pero pronto la sensación se extinguió y volvió a oír los relámpagos en lo alto.

—Eres bienvenido, muchacho —dijo la anciana cuando la puerta crujió y la negrura del interior se presentó ante ellos.

Invierno casi cae desmayado del susto. Temblaba de pies a cabeza y el corazón le saltaba del pecho.

—¿Y ahora qué debo hacer? —preguntó el joven.

—Busca en el corazón del edificio, allí debería estar ella. Cuando la encuentres, y sólo cuando esté con la guardia baja y sienta que el triunfo es suyo, utiliza este conocimiento que compartiré contigo: Existen muchos nombres, pero será suficiente con que sepas el que más detesta, el nombre de uno de nuestros Padres Creadores, el de aquel que la maldijo hace mucho tiempo y la engañó con astucia, el mismo nombre que te salvará la vida: *Nebet*. Pronúncialo cuando sea el momento y revivirás la maldición del exilio que recae sobre sus hombros. Un dolor tan fuerte que incluso desarmará sus deseos de venganza.

—¿Nebet? —repitió el muchacho, y la anciana asintió despacio.

—El odio de ella hacia nosotros se debe a su exilio en la Tierra, y fue justamente Nebet quien le prohibió ascender. Si sobrevives, luego te contaré su historia.

El muchacho la miró con inseguridad, pero el nombre se le grabó en la cabeza. Al entrar, las puertas se cerraron a su espalda y todo quedó oscuro de repente. Tan negro y silencioso que por un instante creyó que se había equivocado de lugar, pero en eso escuchó un sonido distante y agudo, que chillaba desde el corazón del edificio y llegaba hasta sus oídos haciendo eco en los pasillos. A tientas, siguió el sonido en silencio, palpando la pared a su derecha con las yemas de los dedos, más o menos recordando las veces que había estado en ese lugar.

Siguió así por un tiempo, hasta que al dar vuelta en una esquina, un frío cortante llegó hasta él y penetró en su carne con un escalofrío gélido. De súbito comenzó a temblar y el pasillo se puso helado como un hielo. Era una sensación asfixiante, y de repente sintió una presencia. ¡Había alguien más en la oscuridad del pasillo! La sentía allí, cercana, aunque no la veía; podía oír su respiración áspera y pesada, como las inhalaciones de un animal moribundo, muy cerca de él. En ese momento, algo en ese frío terrible le fue extrañamente familiar. Ya lo había sentido antes. En silencio, se quedó inmóvil intentando darse cuenta de donde se hallaba aquel otro ser que parecía no haber notado su presencia. Estaba a unos pasos de él, en el centro del pasillo, como vigilando el corredor.

«Una Helada», pensó cuando el frío se fue haciendo más denso.

Apenas respirando para no llamar la atención, avanzó tan sigiloso como le fue posible y pasó al lado de la criatura; internándose más y más en el edificio, y no fue sino hasta que dejó de sentir ese dolor gélido en los huesos que se relajó un poco.

«¿Dónde estoy?», se preguntó cuándo las curvas que dio fueron tantas que se desorientó por completo. No podía ver nada ni tampoco escuchar los chillidos en la distancia. Todo había quedado sumido en un silencio angustioso.

Intentó ir hacia atrás y volver por el pasillo, pero en cuanto retrocedió unos pasos, su espalda golpeó una pared. Entonces se volvió y palpó con cuidado, en busca del corredor por donde había llegado, pero ya no se encontraba donde debía (o al menos eso creyó él). Impaciente y con un creciente temor, recorrió toda la sala semicircular sin lograr encontrar nada, apenas sintió la pared fría y sólida y algo, también sólido, pero mucho más cálido al tacto. Esto último le llamó la atención y se acercó hacia aquella parte. La palpó durante un tiempo, intentando determinar de qué se trataba, pero la respuesta le llegó apenas unos instantes después: había una aldaba, grande y circular en el medio.

Sólo habían dos puertas en todo el edificio con aldabas: las puertas principales y las puertas de la Habitación, e Invierno lo sabía. Entonces puso ambas manos en la aldaba y la giró en sentido antihorario, haciéndolo despacio para evitar que rechinara. De pronto, cuando la pesada puerta se destrabó, un intenso rayo de luz cortó la oscuridad como una espada, junto con un punzante ruido eléctrico. Invierno asomó el ojo por la rendija y descubrió un lugar amplio, iluminado y circular, con grandes ventanales en lo alto desde donde se veía el cielo tormentoso.

—He llegado… —se dijo escudriñando con la mirada, buscando a la bruja por la sala.

«Has llegado, muy bien»

De pronto, una voz gélida y áspera sonó tan cercana a sus oídos que dio un salto aterrado y empujó la pesada puerta, irrumpiendo en la habitación con un estruendo. A dentro, la luz era clara y el ruido ensordecedor.

Invierno volvió la mirada a la puerta detrás de él y descubrió a una figura alta y macabra, que andaba cubierta por un velo negro, junto con un gas gélido que resbalaba por sus ropas hasta el suelo: una Helada.

El muchacho pareció entonces tenso, asustado y confundido.

—¿Cómo fue que me vio…? Debes de estarte preguntado ahora, mi buen muchacho —dijo una voz a su espalda— ¿Fui capaz de esquivarla o me dejó pasar a propósito? ¿Sabía la bruja que logré entrar en el edificio? ¿Me dejó ella entrar? ¿Para qué? —una risa más aguda y punzante estalló desde más arriba, en las vigas del techo— ¿Para qué te dejó entrar ella?

Invierno se volvió y vio al fin lo que había estado buscando: unas escaleras en el centro de la recámara y un trono de piedra en lo más alto. Desde allí era donde la estación correspondiente controlaba la temporada. Allí se concentraba toda la energía del edificio. Y allí estaba sentada la bruja, sonriéndole con malicia.

La bruja rio con fuerza.

Invierno temblaba y respiraba con torpeza. Tenía un nudo en la garganta tan duro que apenas y gimoteaba.

—¿Quieres decirme algo, pequeñuelo? —la bruja fingió una voz bondadosa.

El joven retrocedió unos pasos, pero entonces su espalda tocó el cuerpo frío y enjuto de la Helada, y se detuvo en seco. Quiso saltar hacia el lado, alejarse de tan repulsiva criatura, pero sus piernas comenzaron a congelarse tan rápido que dejaron de responderle y cayó de bruces al suelo.

El cuervo, en lo más alto del techo, rio enloquecido y se lanzó a volar en círculos sobre ellos.

El muchacho se arrastró, alejándose lo más que pudo de la Helada y del gélido aire que manaba de su cuerpo, pero el gas le entraba por la boca, y su garganta comenzaba también a congelarse. El aliento se le fue enfriando y apenas pudo seguir respirando. Por más que intentó arrastrarse, la Helada fue siguiéndolo con pasos cadenciosos; matándolo lentamente.

No soportaba aquel frío asesino.

En otro tiempo el muchacho fue inmune al poder destructivo de aquellos seres, pero era el único que lo resistía, y sólo porque era el propio invierno; sin embargo, en ese momento ya no lo era más, y la esencia de Nieve no podía hacer gran cosa contra las Heladas.

«¿Qué hago…? No quiero morir»

La risa de la bruja y el cuervo resonaron inclementes mientras luchaba por su vida.

«Nieve…»

Los pensamientos del joven, más allá de la agonía que sufría, fueron lejos hasta el bosque donde la muchacha lo salvó. Hasta donde sintió la calidez de sus labios y el fuego de su amor.

«Perdóname…»

En ese momento, cuando sintió que ya no pudo más y que las fuerzas lo abandonaban, una bocanada de aire mucho más tibio entró en su cuerpo como agua caliente; devolviéndole la vida que se le escapaba.

Al volver la mirada, notó que la Helada había retrocedido hasta la entrada por orden de la bruja.

—Vivirás un poco más, muchacho, pero sólo un poco —ella se puso de pie y avanzó hasta él—. Tienes algo que me interesa, algo que late en ti y que trajiste a mí con la misma estupidez con la que me diste tu esencia. Antes te preguntaste de seguro: ¿por qué te dejé pasar? ¿Por qué la Helada no te descubrió? —una risa contenida se dejó oír mientras la vieja ponía al muchacho bocarriba—. Es porque mi estación no está completa, y el mundo terrestre no será destruido hasta que lo esté. Necesitaba también a Nieve, pero ella escapó... —los dedos de la bruja juguetearon en el pecho del joven— ¿Ella te dio su esencia así nada más? —de súbito aquella pregunta sonó realmente intrigada— ¿Te la dio así nada más o la engañaste también, como yo contigo?

Invierno no entendió aquello, y vio a la bruja con extrañeza.

«¿De qué hablas?», pareció preguntar sin poder pronunciar palabra alguna.

La vieja pareció darse cuenta de su desconcierto, pues sonrió taimada.

—Te pondré las cosas muy sencillas, muchacho —dijo con suavidad—. ¿Qué sentiste cuando me diste tu esencia, lo recuerdas?

El muchacho, apenas consciente, tenía la mirada perdida. Poco a poco un sueño pesado fue apoderándose de él y un calor distante fue abrazándolo despacio; llevándolo hacia un mundo sin dolor ni sufrimientos.

La bruja chasqueó los dedos y le dio unos golpecitos en las mejillas.

—¡Vamos, vamos! No te mueras aún. Quédate conmigo un poco más, quiero disfrutar esto que viene —le tocó el pecho de nuevo y, con fuerza sobrehumana, lo lanzó contra la pared cual trapo azotado—. Quiero ver cómo sufres...

Invierno escupió de dolor con el golpe y la adrenalina volvió a correr por su cuerpo, haciéndolo volver en sí.

—Dime, ¿qué sentiste? Descríbelo para mí.

El joven, presionado contra el muro por una fuerza invisible, la vio extrañado.

—¡Date prisa, idiota! —chilló la vieja perdiendo la paciencia, y dio un azote en el aire que golpeó al muchacho y lo hizo gritar de dolor.

—Me sentí… —gimoteó el muchacho— «apagado».

La bruja lo miró perpleja.

—¿Apagado? ¿No conoces una palabra mejor?

El muchacho la vio conteniendo su propia agonía.

—Estaba muriendo… estaba prácticamente muerto. Me faltaba el aire. Me faltaba el calor de la vida…

La sonrisa complacida en la bruja fue estremecedora.

—¿Todavía no lo ves? —preguntó.

Invierno no supo qué responder.

—¡Idiota, eso fue porque le diste tu esencia, lo mismo que Nieve contigo! —chilló el cuervo, volando sobre él y dándole un zarpazo en la cabeza con sus garras afiladas. Un hilo de sangre chorreó desde su frente y las gotas rojas cayeron al suelo; expandiéndose en unas circunferencias grandes que atrajeron su mirada.

«Lo mismo que Nieve contigo»

En ese momento, un frío estremecedor recorrió el cuerpo del muchacho y fue subiendo por su espina hasta su pecho. Su sangre se sintió helada de pronto y su cuerpo entero comenzó a temblar; primero lento, apenas notorio, como una preocupación latente, pero que fue creciendo poco a poco hasta convertirse en un dolor, en un vacío en el estómago.

Los labios comenzaron a temblarle cuando fue viendo la realidad.

Aquel era un frío extraño. Más doloroso que el de la propia Helada. Era un frío diferente y crudo. Un frío que no era frío, sino temor. Un temor que pesó en su estómago como una serpiente retorciéndose y que le produjo ganas de vomitar. Entonces, la voz de Nieve llegó hasta su mente, y el temor ya no fue más un temor, sino un miedo real y afilado, que comenzó a cortarle desde dentro, tornándose en terror y pánico, en desesperación porque finalmente había entendido lo que la bruja le estaba diciendo.

Sus ojos brillaron aterrados.

«Nieve…», intentó gritar, pero la voz no le salió.

—Ella te dio su esencia… —la satisfacción en la bruja no se disimulaba para nada—. Ella «ha muerto» por tu culpa, Invierno. Salvó tu vida a costa de la suya.

Invierno sentía que le faltaba el aire, que se asfixiaba. Y se halló de pronto sumido en una desesperación angustiante.

«Muerta»

—Nieve. Nieve. Nieve —masculló una y otra vez. Apretó los dientes y quiso correr lejos de allí. Volver con la muchacha, pero la magia de la mujer lo mantuvo allí, aprisionado contra la pared.

De súbito, otro azote de la bruja lo trajo de regreso a la realidad y su grito de dolor resonó junto con el golpe seco de su cuerpo contra el suelo.

—Aunque disfruto viéndote sufrir, no tengo más tiempo —la bruja lo veía desde arriba.

Los ojos llorosos del muchacho la vieron también.

En ese momento ella posó sus dedos en el pecho del joven y una luz fría, la esencia de Nieve, surgió desde lo profundo de su corazón, y se elevó en el aire.

—Ahora que soy el invierno, ya no necesito tu permiso para obtener tu esencia; me perteneces.

Una vez más, Invierno sintió que se «apagaba». Que el aire se le iba poco a poco del cuerpo y el adormecimiento lo vencía. Que la luz a su alrededor se extinguía y lentamente todo quedaba oscuro. Otra vez moría. Allí tendido sin poder hacer nada para impedirlo, sin poder oponer resistencia. Su egoísmo mató a Nieve y ese pensamiento le punzó en el pecho como un cuchillo. Le dolía pensarlo.

Muy en su interior, los pensamientos sobre Nieve le quitaban toda esperanza, todo ánimo de seguir respirando. El dolor que lo invadía era suficiente para hacerlo querer tomar la salida del cobarde, pero también hubo un pensamiento que poco a poco se abrió un nicho entre tanta agonía: «Nieve todavía estaba viva». Él aguantó casi un día entero sin su esencia. Podría devolvérsela si recuperaba la suya propia. Era ese el único pensamiento, en parte positivo, que le dio esperanzas y brilló en la oscuridad como la primera chispa que enciende una hoguera.

«No está muerta», se dijo. «Nieve, no está muerta»

Tendido allí, sus ojos se fueron nublando y sólo quedó la trémula luz de la esencia de Nieve flotando en el aire.

«Pronúncialo cuando sea el momento…»

Aquellas palabras que de pronto recordó, le sonaron tan vívidas que no supo si las hubo imaginado o si en verdad las oyó cerca a sus oídos, pero recordó las palabras de Astia.

«Nebet…», masculló con el último aliento que le quedaba.

Y de repente, la risa del cuervo se ahogó y la bruja quedó allí, petrificada, como si una corriente eléctrica hubiese impactado contra ella.

—Nebet... —repitió el muchacho como el acto involuntario producido por los ahogos.

La bruja, de pie allí, comenzó a temblar y la cara se le fue tensando.

—Nebet...

La luz, la esencia de Nieve que ella había estado a punto de tomar, descendió de nuevo hacia el joven y se metió en su pecho.

Invierno dio una gran bocana de aire y sintió la vida volver a llenar su cuerpo. Entonces vio con más claridad que la bruja se retorcía como si fuese víctima de un dolor repentino y fulminante.

—Nebet —dijo él con toda la claridad que sus recobradas energías le permitieron.

La bruja se dobló sobre sí y se encorvó. Cayó de rodillas y comenzó a chillar con voz desgarrada.

—¡¿Por qué?! —chilló con los ojos saliendo de sus cuencas— ¡¿Quién te dijo ese nombre maldito?!

Invierno estaba estupefacto. Se dio vuelta y se arrastró lo más rápido que pudo, como temiendo un repentino ataque de la bruja.

Entonces vio que la Helada, de pie en la entrada, irrumpió en la sala con andar silencioso y se dirigió a la mujer, que de repente pareció ahogarse. Ella la vio con furia y le lanzó un golpe violento que la devolvió a las sombras de la entrada.

«¿Qué está pasando?», se preguntó Invierno, presionándose contra la pared.

De súbito, el sonido eléctrico que inundaba la habitación aumentó, tornándose ensordecedor y violento. Un fuerte viento azotó la sala y todo comenzó a estremecerse.

La estación se salía de control.

En ese instante, la bruja vio al muchacho con una ira fulminante y asesina, y en medio de sus espasmos orientó sus garras afiladas como un águila hacia él; dispuestas a atacarlo y matarlo allí mismo, mientras podía.

—¡Nebet! —la voz de Invierno retumbó por sobre el ensordecedor ruido eléctrico.

La bruja rodó entonces por el suelo presionándose el cuello como si se hubiese atragantado.

—¡Nebet, maldito Nebet! ¡Te detesto! ¡Infeliz! —chilló ella y en medio de su locura lanzó un azote que golpeó una columna y la hizo pedazos.

Los escombros volaron por todas partes y sobre Invierno.

Una serie de rayos comenzaron a surcar la parte alta del techo, brotando desde el trono en lo alto de los escalones.

Tac! Tac! Tac!

En ese momento, un golpeteo seco llamó la atención del muchacho, quien alzó la mirada y descubrió al cuervo intentando escapar por una de las ventanas en lo alto.

«Podrías hacer que salga o abrir una brecha», las palabras de Otoño le llegaron de pronto a la mente.

Sin perder tiempo y sin estar muy seguro de lo que hacía, tomó trozo de escombro del suelo y la arrojó lo más fuerte que pudo contra los vidrios que golpeaba el cuervo, y el estallido que se produjo de pronto fue mucho mayor al que se hubiese esperado. Los vidrios no acabaron de resquebrajarse cuando de súbito un viento huracanado entró por la brecha que se acababa de abrir y toda la habitación se llenó de una luz clara y cegadora y una voz potente y severa; la voz de Maná, que habló con claridad.

El muchacho no comprendió lo que dijo, pero le pareció un conjuro; una invocación cadenciosa y pesada en una lengua antigua que jamás había oído, y en ese momento la bruja acalló sus chillidos y quedó petrificada. Únicamente sus ojos se movían de un lado a otro.

De repente, el viento huracanado se apaciguó y Maná cobró forma entre las brisas, quedando de pie entre Invierno y la hechicera. En silencio, se acercó a la mujer tendida en el suelo, cuya mirada enloquecida brillaba de rabia, y posó un dedo en su pecho.

Suspiró largamente y cerró los ojos, y entonces desde allí, al igual que pasara con Invierno antes, una luz clara y fría surgió y revoloteó por el aire.

—Termina con esto, Invierno —dijo Maná.

El muchacho no estuvo seguro, pero creyó entender a lo que se refería. Su estación estaba fuera de control. Se aproximó hasta ella y rozó con las yemas de sus dedos la luz, y de pronto, su propia esencia volvió hacia él y se metió en su pecho.

Con una profunda y gran bocanada de aire, Invierno sintió su fuerza volver a él con gran rapidez. Su cuerpo volvía a sentirse ágil y sus pensamientos claros.

«Date prisa», se dijo.

Dio media vuelta y corrió hacia el trono. Se sentó y, una vez allí, cerró los ojos.

Lo que hizo el muchacho a continuación, es algo secreto y que nadie salvo las Estaciones y Maná saben y deben saber, por lo tanto sólo puedo aventurarme a contar que al cabo de unos instantes, el sonido eléctrico se acalló y la tormenta de rayos en lo alto, se disipó. Bajo las nubes, en la Tierra, el frío gélido de las Heladas desapareció y poco a poco una calidez reconfortante fue esparciéndose para alegría de todos allá abajo y en el Altomundo.

Invierno abrió los ojos y se encontró con los de Maná y un largo silencio se esparció entre ambos.

—Ven conmigo —dijo ella entonces. La bruja también había desaparecido.

El muchacho se puso de pie y asintió con algo de temor. Se acercó hasta Madre Naturaleza y tomó la mano que ella le acababa de extender. Entonces, Maná cerró los ojos y una vez más el viento volvió a soplar con fuerza a su alrededor, llevándolos a ambos fuera del edificio y posándolos con suavidad en las afueras, en el camino de piedra blanca que serpenteaba sobre las colinas, cerca de un grupo de personas que los esperaba silencioso.

En ese momento un escalofrío estremeció al muchacho. Su mirada acababa de posarse en la de Otoño, y él lo miraba con el corazón en la mano. Afligido.

«Lo lamento», dijo entonces, y la integridad de Invierno se derrumbó. Se hizo pedazos.

Aquellas palabras. Aquellas terribles y malditas palabras, que quizá pudiesen haber significado muchas cosas, de pronto significaron sólo una para él; y los ojos del muchacho se enrojecieron. Abrió la boca y sus labios comenzaron a temblar incapaces de pronunciar palabra alguna.

«Lo lamento tanto»
Se le hizo un nudo en la garganta.

Otoño lo mataba. Lo mataba con sus palabras de dolor. Mataba la única esperanza que había abrigado. La única esperanza que ahora se le iba lejos, inalcanzable.

En ese momento, Otoño bajó la cabeza y se hizo a un lado, para que los ojos de Invierno pudiesen seguir la vereda y viesen la dulce belleza que allí dormía eterna.

Y allí se derrumbó. Y allí gritó con el dolor de mil infiernos. Y allí lloró la amargura que destrozó su pecho. Lloró su alma entera. Allí le faltó el aire, se maldijo a sí mismo y maldijo al mundo. Chilló como un niño al nacer, y quedó todo lo que alguna vez fue él. Murió toda su alegría y sus ganas de vivir.

Nieve se hallaba allí, sumida en un sueño del que nunca jamás iba a despertar. Tan hermosa y clara como la Luna y tan fresca como una flor. Tan suave y tan bella, tan eterna.

Invierno se arrastró hasta ella y con sus manos temblorosas acarició sus mejillas; y recién allí pudo percibir la frialdad de la muerte, tan gélida e impía; tan egoísta.

Sus lágrimas se derramaron y de nuevo sus sollozos llenaron el aire.

Y lloró muchísimo. Lleno de un dolor que lo ahogaba.

Se llevó una mano hasta el pecho y suspiró extrayendo la esencia de la joven. Con suavidad, la movió hasta el pecho de ella e intentó hacer que volviese a su cuerpo; intentó traerla de nuevo a la vida, que su corazón latiese otra vez, pero ya era demasiado tarde y su esencia quedó allí flotando en el aire.

Los labios de Invierno volvieron a temblar y sus sollozos desconsolados le cortaron la respiración a todos los presentes. Todos ellos compartían el dolor del muchacho y todos ellos quisieron en verdad ayudarlo a palear su pena, pero aquello no era posible.

Dolores tan fuertes como esos no pueden compartirse con otras personas; dolores como ese, que hacen del llorar insuficiente, son cargas de uno solo.

Mucho tiempo pasó allí, queriendo morir también él con ella, queriendo tomar la salida más fácil, alcanzarla donde fuese, hasta que de pronto besó su frente y le lloró su amor entre susurros. Y entonces, se puso de pie y perdió la vista en la distancia, con el sufrimiento brillando en los ojos, y comenzó a caminar sin volverse atrás. Se alejó de todos y caminó y caminó cada vez más lejos, ensimismado en su agonía. Fue sin rumbo ni sentido, tratando de dejar atrás todas sus emociones. Poco a poco, sus pasos fueron haciéndose más rápidos, y sin darse cuenta comenzó a correr. Y así llegó hasta el puente de cristal y así saltó hacia la Tierra.

Al llegar al Bosque Negro, siguió corriendo sin detenerse y sin ver a donde iba. Corrió todo lo que pudo. Corrió de sus propios sollozos y de sus sentimientos. Corrió hasta llegar a la orilla del continente y luego, con el mar frente a sus ojos, siguió corriendo por muchos días, sobre el mar y las montañas, sobre abismos y volcanes. Corrió hasta que de repente la Tierra redujo su tamaño y pareció apenas una esfera pequeña bajo sus pasos gigantes, hasta que le dio más de cien vueltas. Y no se detuvo sino hasta que unos brazos lo tomaron y el latido de un corazón cálido resonó en sus oídos.

Madre Naturaleza lo tomó con fuerza y no lo dejó ir.

Invierno lloró de nuevo, y lágrimas pesadas resbalaron por su rostro.

Lloró su pena y sufrimiento.

Lloró todo de lo que había estado huyendo, y aun así pareció no ser suficiente.

«¿Por qué?», gimoteó una y otra vez con la voz cortada.

Maná se quedó allí con él y no respondió a su pregunta sino hasta que varias Lunas hubieron pasado; sabía que debía darle tiempo.

—¿Por qué el destino me hizo esto? ¿Por qué la vida me odia tanto? ¿Por qué, te suplico madre, dime por qué?

Maná lo miró a los ojos y sus ojos también parecieron enrojecerse.

—No es el destino el que hizo esto, Invierno. El destino aparece y desaparece a cada momento, a cada instante. El destino no es más que el camino que sigue a las decisiones, y puede cambiar con el más ínfimo suspiro. No te culpes, hijo, y no culpes al destino.

—Y por qué…, yo, yo aguanté. Yo pude vivir por más… —pero no le alcanzaron las fuerzas para terminar lo que decía, y volvió a sumirse en sollozos doloridos.

—¿Por qué tú sí soportaste casi un día entero sin tu esencia, y ella no?

Invierno asintió. Ya no quería hablar.

—Tú, Invierno, eres una Estación, y una de las más fuertes. Tu energía y tu esencia son mayores y perduran por más tiempo. Nieve, ella no pudo soportarlo. Su fragilidad la traicionó y su corazón no pudo seguir latiendo.

Invierno bajó la cabeza y se sintió devastado, con ganas de llorar el alma entera, pero no hubo nada. Ya no le quedaban lágrimas para llorar. Ya no le quedaba nada más que su corazón destrozado.

—Ella supo, ella siempre supo lo que hacía. Prefirió salvar tu vida, te quiso dar ese regalo cuando vio que corrías peligro. Ella te amaba más que a nada en este mundo, muchas veces me lo dijo. Ella te amó lo suficiente para cambiar su vida por la tuya sin dudarlo; y al final, ambos se amaron. Atesora ese pensamiento.

—¿Y de qué sirve amar un segundo nada más? ¿De qué vale si al final no queda nada? —había rabia en las palabras del muchacho. Un enojo profundo que lo carcomía.

—Hazte la misma pregunta, mi muchacho. Toca tu corazón y dime si aquel segundo de amor puro no valió más que una vida vacía. Dime si lo que sentiste no te ha quedado grabado en el alma. Dime, Invierno, si no la sientes aquí, en el pecho, si no recuerdas el brillo enamorado de sus ojos y lo tibio de sus labios; si no recuerdas ese amor.

Invierno cayó de rodillas e inhaló fuerte.

—Nieve… —lloró con fuerza— Mi Nieve…

—Y tú sigues siendo su Invierno, y lo serás por siempre.

Sumido en el oscuro pozo de su mente, Invierno se veía rodeado por paredes oscuras y altas. Por muros macabros donde no filtraba la luz y ni el más mínimo atisbo de esperanza.

«Ella te amaba más que a nada en este mundo»

Las palabras de Maná lo acompañaron como un eco distante que se repetía una y otra vez. Como una canción que se queda grabada profunda en la conciencia.

Invierno se vio a sí mismo, tumbado allí, en la oscuridad del pozo de su mente, y un escalofrío recorrió su cuerpo. Y de repente una voz le habló en la distancia; la voz de un recuerdo vívido en su mente.

«Estoy aquí contigo, pase lo que pase».

Nieve nunca le dijo eso, pero aquella vez, antes de ir con la bruja, sintió que lo hacía, que le hablaba a través de la distancia directo al corazón, tal como le sucedió en ese momento.

«Estoy aquí contigo, pase lo que pase, Invierno mío».

—Debes ser tú quien la conserve —Maná hizo surgir en el aire una luz clara que resplandeció un momento. Aquella era la esencia de Nieve—. La dejaste cuando corriste y deseo que permanezca contigo, así ella lo hubiese querido. Su corazón y el tuyo latirán juntos.

«Pase lo que pase»

Invierno vio la luz que revoloteaba en el aire.

—Pase lo que pase —musitó para sí mismo, y posó los dedos en la esencia de Nieve, y esta se introdujo en su pecho y se acurrucó profundo en su corazón.

Nuevas ganas de llorar lo invadieron, pero se contuvo. Se abrazó así mismo y se frotó el pecho.

Su corazón y el de Nieve latían juntos ahora, aunque ella no estuviese allí y sólo le quedase el recuerdo de su sonrisa.

—Perdóname... —masculló Invierno, derramando amargura por los ojos— Perdóname tanto...

Todavía sumido en la oscuridad de su mente, el muchacho alzó la mirada, más allá de las paredes oscuras de aquel pozo, y vio la Luna, grande y de plata en lo más alto, y su luz clara le alumbró el rostro ensombrecido y pareció abrigarlo desde lejos. Pareció secarle las lágrimas y sonreírle. Pareció cuidarlo desde lo alto y aliviar su pena.

Invierno tensó una sonrisa y un sentimiento distante se sintió cálido en su pecho.

Hubo algo en aquella luz de Luna que lo hizo sonreír enamorado. Algo que le recordó el brillo hermoso en los ojos de Nieve.

«Gracias»

—Recuerda algo, Invierno —dijo Maná con suavidad—. En este mundo, en Altomundo o en el que sigue, ustedes dos volverán a verse. Si hay algo que perdura más allá de la existencia, es el amor.

Invierno inspiró profundamente, como recobrando un aliento perdido, y asintió cabizbajo.

«Nos volveremos a ver»

—Vamos, volvamos a casa —Maná lo tomó de la mano y lo ayudó a ponerse de pie.

—A casa… —musitó el joven.

Y así, en silencio, ambos emprendieron la vuelta a través de ríos, mares, montañas y volcanes; hasta el Bosque Negro y la cima de los cielos, hasta el Altomundo.

Hasta el lugar en medio de la arboleda donde alguna vez Nieve le dio consuelo, y allí, junto a un árbol, cavó un pequeño agujero y enterró sus lágrimas, su dolor, su pena y casi todos sus recuerdos.

No quiso conservar nada del pasado. Nada más que aquel segundo de amor puro. Nada más que el brillo enamorado en sus ojos y la calidez de sus labios. Aquellos recuerdos hermosos los guardó profundo en su corazón. Había decidido que su amor perduraría para siempre, y que se encargaría de cultivarlo él para ella, hasta el día que volviesen a verse.

«Nos veremos pronto, Nieve mía», dijo antes de alejarse por el horizonte, más allá de los árboles y de los caminos, lejos de todo lo que alguna vez conoció. Allá, alto entre las nubes, en un rincón donde podía dejar que su estación lo rodease y liberar la esencia de Nieve y la suya propia, y que juntas ellas se enamorasen.

Cuentan las historias en la Tierra, que luego de aquella extraña e inusual temporada en que el invierno se adelantó al otoño, azotó el mundo con fiereza y terminó de pronto, ya esa estación nunca más volvió a ser la misma. Ya no fue como solía ser. Ya no se sentía en el aire frío aquellas brisas juguetonas y habladoras; parecía como si de súbito la estación hubiese madurado, como si algo se le hubiese perdido. Se sentía, decían los más viejos, como el amante que perdió a su amada. Y que a veces, en las noches claras de Luna, se podían oír voces en el viento, voces de dolor y pena.

Las voces tristes del invierno, que lloraba por su dama.

Fin

Relato Tercero

El patíbulo

Oh, muerte, muerte, dama negra.

Mi grito estridente resuena en las paredes oscuras de roca, y el eco me acompaña en el camino tenebroso. Tus manos cubren mis ojos como el velo negro que tapa mi rostro, y devuelve el aliento acre de mi garganta desgarrada por los gritos.

Asustado me hallo de la mirada de Dios, que me observa en lo alto.

El velo negro revive mis recuerdos, y me veo de repente en aquel tormentoso camino largo.

Oh, muerte, muerte, dulce muerte.

La oscuridad me acompañó aquella noche escarlata. Y el suave murmullo de mi amada me siguió por el camino como el eco de mis pasos. Sumergido en la negrura del corredor anduve, temblando de frío y miedo, cuando la luz opaca de unos ojos se reflejó sobre mí con pena.

Eras tú, mi dulce Elena, rogando me detuviera.

«Mi dulce amada…», musité en medio de mis ahogos, y lloré con amargura y con tristeza. Chillé y caí de rodillas, sintiéndome miserable, pero poco a poco mi mal se transformó y cambió de forma, y un ser perverso clavó en mí sus garras; el demonio que llenó mi alma perforada y rota.

Entonces recordé sus rostros.

«¡Vete!», clamé entre mi llanto. «Debo terminar con todo esto…»

Corrí la pesada reja que encerraba la celda.

Su chillido desesperado taladró en mi cerebro cuando la arrastré de los cabellos, y sus súplicas histéricas se mezclaron con mis lloriqueos amargos.

Temblaba mi cuerpo de pies a cabeza cuando alcanzamos el final del pasillo, y allí nos esperaban el tronco y el hacha, y el cadáver de la otra entre la paja.

La luz plata de la noche entraba por una ventana en el techo, tornando la sangre negra.

Oh, muerte, muerte, injusta muerte.

Se resistió ella a tender el cuello, y la golpeé duro con un mazo. De súbito las fuerzas se le fueron, y su cuello se tendió delicado sobre la húmeda madera; empapada con la sangre de su hermana.

Y allí oí de nuevo tu voz, amada mía, clara como agua de río. Rogabas me detuviera, que no era ese nuestro destino; separados debíamos estar.

Pero ya estaba yo en un camino sin retorno.

De nuevo te vi a los ojos y tú viste a los míos, y el hacha brilló helada sobre mi cabeza.

«Estaremos juntos de nuevo», balbuceé. «Sólo existe este camino…».

Me estremecí de pronto.

El sonido sordo de mi hacha azotando carne, hueso y madera, me golpeó en el pecho. Tan fuerte… Tan pesado… Me arrancó el aliento y dejó apenas mis gemidos de culpa y miedo. La sangre tibia me manchó las manos, y me desplomé junto al cadáver.

Reprimí un grito ahogado.

¡Oh, padre santo! Él vio todo desde el cielo, pero no recibió en su gloria a las mujeres que había matado.

Oh, muerte, muerte, oscura muerte.

La negrura de tus manos y tu velo cubren mis ojos y atormentan mi mente. Me hacen recordar el pasado. Tiembla mi cuerpo de frío.

«¡Qué acabe pronto, por favor! Ya detente», pienso enloquecido.

Y de pronto la dama oscura me hace caso, y el velo se aparta de mi rostro con el tirón de una cortina. La negrura agobiante me libera y me lanza hacia la luz gris de un día nublado, y a las miradas acusadoras de mucha gente que me observa con asco; apostadas bajo un tabladillo de madera en la plaza; bajo el patíbulo que aguarda mi condena.

El miedo me embarga de pronto, y siento pánico.

«¿Dónde estás?», me pregunto buscándote entre todos ellos.

El guardia que me lleva me empuja y hace que caiga al suelo de rodillas, tras un tronco húmedo, tintado de rojo. Lo reconozco y huelo en él la sangre todavía fresca.

Rendido, me inclino hacia adelante y poso el cuello sobre las marcas de mi propia hacha.

De repente el barullo de la gente se ahoga, y queda todo sumido en un silencio expectante.

Alzo la vista al frente, y entonces, entre toda la multitud, te veo de pie en silencio sin que nadie más que yo pueda verte.

Me sonrío temeroso, y te miro, y tú lo haces conmigo.

Y entonces cierras los ojos e inclinas la cabeza.

De repente la siento: la suave caricia del hierro, fría detrás del cuello, y oigo un rumor lejano.

Oh, muerte, muerte, triste muerte.

Tengo miedo de abrir los ojos y de ya no volver a verte.

Pero percibo el suave toque de tus manos tibias, que mi invitan a incorporarme. Alzo la mirada y te veo allí de pie, y tu sonrisa amanece en la noche de mi corazón.

Mis labios tiemblan y me rebalsan los ojos.

Te abrazo con fuerza. Te abrazo con toda la fuerza del mundo. Te abrazo y también lloro.

La gente pasa a nuestro lado ignorando nuestra presencia. El verdugo arrastra un cadáver y un niño patea la cabeza.

«Mi dulce amada, ¿qué será de nosotros?», pregunto intentando desconocer el destino que nos aguarda.

Con las yemas de mis dedos desciendo por tu mejilla hasta el cuello, y allí veo las huellas de las cuerdas con las que te quitaron la vida.

Mi estómago se retuerce cuando acaricio los purpúreos cardenales, y recuerdo.

Ambas hermanas, víboras despiadadas llenas de envidia, te apartaron de mi lado sin la menor pena. Asesinas inmundas que esperaron tu descuido entre las sombras. Te forzaron, te rompieron y te doblaron. Te hicieron trizas el cuerpo. Perforaron mi alma y la dejaron hueca.

Nunca hubo justicia. Nunca tampoco la habría.

Tomé su sangre en mis manos.

Devoré la venganza.

Arrojé sus cabezas a la calle y allí esperé entre lloriqueos a que el destino llegara.

«¿Qué será ahora de nosotros?», me pregunto.

Te tomo de la mano y te miro largamente mientras descendemos del patíbulo hacia una gruta que de entre los suelos se abre. Allí se asoma profundo el purgatorio, y los demonios que nos aguardan nos miran desde abajo.

Mi destino como asesino y el tuyo como víctima.

Marcharemos juntos hasta el ombligo de Satán purgando nuestros pecados, y luego ascenderemos hacia la gloria de nuestro Dios.

Juntos eternamente.

Oh, muerte, muerte, amada muerte.

Fin